最奇缘，密钥恋歌
The Magic Destiny, Key Of Love Songs

凉桃 著

天津出版传媒集团

天津人民出版社

图书在版编目（ＣＩＰ）数据

　　最奇缘，密钥恋歌 / 凉桃著. -- 天津 ： 天津人民
出版社，2015.12（2020.3重印）
　　ISBN 978-7-201-09966-8-01

　　Ⅰ. ①最… Ⅱ. ①凉… Ⅲ. ①中篇小说－中国－当代
Ⅳ. ①I247.5

　　中国版本图书馆CIP数据核字(2015)第271277号

最奇缘，密钥恋歌

ZUI QIYUAN,MI YAO LIANGE

凉桃 著

出　　版　　天津人民出版社
出 版 人　　刘　庆
地　　址　　天津市和平区西康路35号康岳大厦
邮政编码　　300051
邮购电话　　（022）23332469
网　　址　　http：//www.tjrmcbs.com
电子信箱　　reader@tjrmcbs.com

责任编辑　　玮丽斯
装帧设计　　胡万莲 刘碧玲

制版印刷　　三河市华东印刷有限公司印刷
经　　销　　新华书店
开　　本　　660毫米×960毫米　1/16
印　　张　　16
字　　数　　166千字
版权印次　　2015年12月第1版　2020年3月第2次印刷
定　　价　　42.80元

目录

CONTENTS

目录

CONTENTS

楔 子

PROLOGUE

这是哪里啊？

一双仿佛由这个世界上最纯粹、最干净的水晶雕刻而成的眼眸中充满了无助与迷茫，就好像一头美丽的小鹿受到惊吓时露出的那种眼神。

那是一个看上去只有七八岁的小女孩，她赤足走在雪地里，却像是觉察不到冷意。身后是一直延伸到远方的脚印，在这片平整的雪地上格外显眼，像是这广袤天地里只剩下她一个人。

她穿着一件深蓝色上衣，与其说是穿，倒不如说是披着，因为那件衣服对她来说实在是太大了。

她不记得自己到底走了多久，因为她的脑海里，就只有这片无边无际的雪地，仿佛她从出生起，就这么不停地在走。

前方到底有什么，她不知道，心里唯一的念想就是，她不能停下来，她必须往前走。

她很累，也很饿。

可是这里到处都是雪，除了雪，就只有雪地里长着的像水晶一样

透明的星星花。

她手里已经握着一大把星星花，每走一千步，她就摘下一朵花，现在手里有多少朵花，她已经记不清了。

星星花的尽头，是她的故乡吗？

她停住脚步，下意识地回头。一阵大风吹来，卷起雪花模糊了她的视线，那头长且浓密的黑发被吹起来，挡住了她的眼睛，她看不清身后有什么。

"继续向前走吧，孩子。"风贴着耳边拂过，像是有人用叹息般温柔的声音对她说，"别回头，走吧，孩子，走吧。"

走得远远的，离开这个地方，永远都不要回头。

她终于转过头，一步一步朝前走去，只有"咯吱咯吱"的脚步声陪着她一路前行。

那里有光，橙黄色的光，在只有雪色映衬的世界里，显得那么有诱惑力。

她加快了脚步。

不知何时，厚厚的积雪消失了，地面是裸露在外的泥泞土地，两边是枯死的草木。若她回头，便会发现身后只有连绵不断的群山，那片梦幻般的纯白世界，已经不见了。

只有她怀里抱着的那束星星花折射着星光，熠熠生辉。

那橙色的灯火已经近在眼前。她停下脚步，看着眼前这栋由木头建造而成的房屋。屋主人大概在做饭，香味透过窗户飘了出来。她的

肚子适时发出了"咕噜"声。

她走上前，轻轻地敲了敲门。

前来开门的是一个脸色苍白的女人，她的眼圈红红的，像是哭过了。

女人看着眼前的小女孩，眼神有些诧异："小姑娘，你是从哪里来的？这么晚了，你一个人吗？"

她怯怯地点了点头，将那束星星花朝女人递过去。

女人没有接过花，她看向小女孩的眼神多了一丝错愕。她再次将小女孩打量了一遍，看着她水晶般剔透的眼眸，女人的神色有些复杂。

好久好久，她对着小女孩笑了，伸手帮她理了理被风吹乱的头发，语气温柔地说："迷路了吧，没关系，进来吧。"

"谢谢你。"女孩脆生生地开口，"你真是个好人。"

女人的目光有些躲闪，她将小女孩领了进去。

进去之后，女孩看到床上躺着一个小孩。

那是个与她差不多大的男孩，就算隔得有些远，她也能看得出来他病得很严重，他的脸非常苍白，嘴唇却红得像涂了胭脂一样，眼睛下面有很深的阴影，看来病魔折磨得他连觉都睡不了。

她抱着星星花走过去，轻轻地将花放到小男孩的床头。原本还因为梦魇紧皱眉头的小男孩，终于露出了一个甜甜的笑容，缓缓地进入了梦乡。

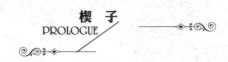

　　"你果然是……"女人站在一边，喃喃地念了一句什么，她原本绝望的眼神里透出看到奇迹般的光芒。

　　这时候，小女孩回头看她，甜甜地一笑。她伸手将耳边的头发拢到耳后，原本藏在头发下面的耳朵就这样暴露在了柔和的灯光下。

　　那是一双不属于人类的、尖尖的耳朵，那是妖精的耳朵！

第一章

CHAPTER / 01

他不在的星期天

他携着满春芬芳朝你走来，仿佛踩着满池清荷。尖耳朵的妖精在跳舞，优雅的绅士唱着情歌，你温言软语说着怀念，他在南国不知名的小巷里，与东风一同沉睡。

01

站在人来人往的十字路口，打量着看起来都差不多的建筑物，我的内心濒临崩溃。

虽然我很想告诉你我现在的处境，但任何故事都是从头开始讲比较好。

三个小时前。

床头闹钟的指针已经指向了9，爬得老高的太阳终于成功地透过玻璃窗户将光芒照了进来，正好落在我的眼皮上。

我正梦到吃烤鸭，梦里吃得无比开心的我，忽然遭遇了一场大火，我一下子被吓醒了。

揉了揉饿得咕咕叫的肚子，我掀开被子下了床。梳洗完毕之后，

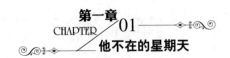

我推开房门走了出去，边走边喊："小辰，小辰，我饿了！"

然而叫了半天都没人回应我，我皱着眉头走到小辰的房间门外，用力敲了几下："小辰，你还在睡懒觉吗？快起来，我饿啦！"

还是没人回应我。

奇怪！

"小辰？"我试着拧了一下门把手，"咔嗒"一声，门应声而开。

我推开门走了进去。小辰的房间十分干净整洁，不像我的房间，总是乱糟糟的。

房间里没有人，只有温暖的阳光照在地板上，窗台上的那盆风信子已经开花了。

目光在房间里扫了一圈，最后落在了写字台上，那里有一张便笺纸。我走过去拿起来看了一眼，上面写着这么一行字："小瑶，家里有点儿事，我得回家一趟，因为你还在睡，所以没有吵醒你。我明天就回来。吃的在冰箱里，自己热一下就好。"

家里出事了？

我心里隐隐有些担忧，是宋姨生病了吗？

宋姨是小辰的妈妈，一直有哮喘病，小辰走得这么急，该不会是宋姨的哮喘病又发作了吧。

我抓着便签走出小辰的房间，到客厅拿起手机，拨打宋姨的电话号码。电话那头传来宋姨和蔼亲切的声音，她和小辰一样，给人一种非常温柔的感觉。

"小瑶，我没事，你不要担心，小辰明天就回去了。"宋姨语带笑意地对我说。

"嗯，那宋姨你好好休息，下次我一定和小辰一起回家。"我松了一口气，抓着手机躺在了沙发上。

和宋姨聊了一会儿，她的电话被小辰拿了过去，我又和小辰说了几句话就挂了电话。

"好饿。"我嘀咕着将手机放回原处，走到冰箱前打开门，里面放着小辰准备好的早餐。

我把早餐端出来放进微波炉热了一下，然后开始吃。吃到一半，我无意间看到了一本美食杂志。我翻开杂志，一张十分诱人的蛋挞图片呈现在眼前。

啊，好想吃蛋挞！

摸了摸没有吃饱的肚子，我纠结了一下，然后就做出了一个让我追悔莫及的决定。

那就是，我打算自己出门买蛋挞！

故事讲到这里，我似乎还没有做自我介绍。

我，夏雪瑶，一个超级大路痴。路痴到什么地步呢？从学校到家里的这段路，没有小辰带着我走，我就回不来。

嗯？你问我，小辰是谁？

小辰名叫夏染辰，是宋姨的儿子，而我在八岁那年被宋姨收养。用一句话概括就是，小辰和宋姨，是我的养母和没有任何血缘关系的哥哥。

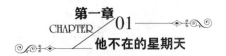

其实宋姨也不知道我和小辰谁大谁小，因为那时候的我，说不出自己的年龄和生日。宋姨想了半天，最后对我和小辰说："女孩子还是当妹妹的好，这样哥哥就必须保护妹妹了。"

于是，由于这样的理由，小辰变成了我的哥哥，尽管我从未叫过他哥哥，我们一直都是直接叫对方的名字。

推开家门，再三确认门窗都锁好了，我才下了楼。这套公寓是宋姨还没有生小辰之前在这座城市买下的，正好我和小辰都在这里念书，宋姨就让我们住进了这套公寓。

出了公寓大楼，顺着柏油马路一直往前走，很快就遇到了第一个路口，从路口左拐，眼前的建筑物开始变得陌生，我心里着急起来。

我以为只是出门买个蛋挞应该没问题的，但是我显然高估了自己的能力。

在走了三个小时之后，我不得不承认一个事实，那就是——我迷路了！

"好饿啊！"走了这么久，早上吃的那点儿食物早就消化完了，我有气无力、漫无目的地继续往前走。

忽然，一阵特别的香气传入我的鼻腔，这香味引得我的肚子"咕咕咕"的叫唤起来。

我循着香气往前走，又拐过好几个路口，从大路走上小路，一栋奢华的别墅出现在我的眼前。别墅外面是一大片碧绿色的草坪，草坪尽头种了很多蔷薇花，蔷薇的外面是白色的木栅栏。

我在白色栅栏边停下脚步，透过盛开的蔷薇花，可以看到碧绿色

的草坪上放着几把做工非常讲究的藤椅，其中一把藤椅上坐着一个少年，一团团蔷薇花衬得少年越发帅气。

他闭着眼睛像是睡着了，有着高挺的鼻梁、红润的唇，神色冷冷的，带着拒人于千里之外的疏离感。

藤椅边放着一张小桌子，上面摆着一盘点心，还有一杯散发着浓浓香气的红茶。

我蹑手蹑脚地绕到正门口，猫着腰跑了进去，目光始终盯着小桌上的那盘点心。我都想好了，我要趁着少年睡着的空隙，端起那盘点心就跑！

离点心越近我越兴奋，这里竟然没有其他人，真是天助我也！

近了近了！

我冲到桌子边，伸手抓住了盘子的边缘。

然而就在这时，一只冰冷的手牢牢地抓住了我的手臂。我心里"咯噔"一下，倒吸一口气，飞快地转过头去。

一双寒星似的、不带一丝表情的眼睛正一动不动地看着我。

我忍不住打了个哆嗦，本能地想逃。我用力挣扎起来，试图挣开他的手。不知道为什么，我觉得这个人有些危险，我必须离开这里。

"我是不是在哪里见过你？"一个有些清冷却带着一丝困惑的声音在我的耳边响起。

我一下子停止了挣扎，将视线重新放回少年的脸上，他正若有所思地看着我。

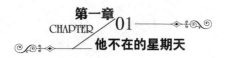

02

在思考了一秒钟之后，我果断地摇了摇头，说："没见过，一定是你记错了！"

"是吗？"他轻轻松开我的手，不动声色地重新靠在藤椅上。不过因为刚刚的动作，他的脸上浮起了一层红晕，甚至微微有些气喘。

我不由自主地对他起了同情心。宋姨的身体一直特别不好，我以为那就是最可怜的人了，没想到这世上竟然有人病得比宋姨还厉害。

"我以为是认识的人，既然没见过，那就不需要客气了吧。"他慢吞吞地说。

我愣了一下，脑筋一时半会儿转不过弯来。

而就在我发愣的时候，手臂忽然被人抓住了。我猛地回过神来，这才发现不知不觉间，我的周围站满了穿黑西装的保镖，他们一个个都戴着墨镜，表情严肃。

"为什么一定要戴墨镜？"这时候大脑跟短路了似的，我问出了一个叫所有人都惊呆了的问题。

哎呀，我关注的重点是不是不对啊！

"你猜。"保镖自然是不会回答我的，回答我的还是那个少年，"放开她吧。"

抓着我手臂的手应声收回，原本要将我逮住的保镖缓缓地往后退

开一步，但他们的视线仍然锁在我的身上。

我再次将视线落到少年身上。我发现从开始到现在，除了中间露出过困惑的表情之外，他一直都是很冷然淡定的样子。他的声音和他的人一样，慢悠悠的，不急不躁，从容不迫，像是泰山崩于眼前都不会让他皱一下眉头似的。

"我怎么猜得出来。"我嘀咕了一声，转动眼珠子环视四周，心里盘算着怎么从这里逃跑。

"别看了，你没逃跑机会的。"除了刚刚看了我一下，之后就没有再把视线落在我脸上的少年淡淡地说。

"你会读心术吗？"我吃了一惊。

他的嘴角动了动，露出一个意味不明的笑容："坐吧，给她倒杯茶。"

我硬着头皮在茶几边一张空着的藤椅上坐下。

这时，一个穿着花边围裙，看上去大概二十多岁的女人，手里端着一个托盘，快步走到我身边。她将托盘上的咖啡放在我手边，然后恭恭敬敬地退了下去。整个过程，她的动作一气呵成，十分优雅。

"你们下去吧，这里没事了。"少年淡淡地说了一声。

原本剑拔弩张，一直盯着我的那些保镖，一下就消失得无影无踪。

"他们去哪儿了啊？"我目瞪口呆，虽然以前在电视里看到过这样的情形，但现在真见着了，仍然有种不可思议的感觉。

"你猜。"他嘴巴动了动，声音里带着一丝笑意。

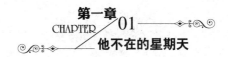

我嘴角抽了抽，有种上去揍他一顿的冲动，这个人除了会说"你猜"之外，他还会说什么！

"汐少爷，该吃药了。"一个有些严肃的中年男人的声音从不远处传来。

我回头看了一眼，只见一个穿着黑色马夹、戴着金框细边眼镜的中年男人双手交叠一动不动地站在不远处。我正看得出神，他忽然将目光转到了我的脸上，随后他皱了皱眉，眼里闪过一丝严厉的神色。

"汐少爷，这个人要怎么处置？"他询问道。

"我是迷路才来到这里的，不是什么坏人。"我连忙解释。虽然不知道这到底是什么地方，也不知道这些到底是什么人，但是看侍女和这中年男人的架势，还有少年从头到尾的表情，我猜这一定是什么不能惹的大人物。万一把我当成坏人，抓住我不让我走可怎么办？

"哦？是这样吗？"中年男人明显不太相信，他看着我的目光里带着戒备的神色。

"嗯，就是这样的！"我心里后悔极了，刚刚要是不跑进来就好了，现在可好，一举一动都在人家眼皮子底下，想逃跑都不可能。

"陈管家，进屋吧。"少年站了起来。

我这才发现，这个少年个子很高，和小辰差不多，只是他比小辰单薄一些，大概是因为身体很不好的缘故。

"一起进来吧。"

他没回头，但我知道他这话是对我说的。

我似乎没有拒绝的余地，只好站起来，跟着他朝别墅走去。

"你叫什么名字？"他边走边问我。

我这才想起来，我似乎还没做过自我介绍，想了想说："我叫夏雪瑶，刚才迷路了才闯进来，你能让我离开吗？"

他停住脚步，扭头看了我一眼，目光淡淡的："我说过不让你走的话吗？从开始到现在，似乎都没有吧。"

"可是刚刚那些黑衣人明明想抓住我！"我才不相信他说的话。

"那只是他们对闯入者做出的反应，保镖自然是保护主人的，他们看到陌生人进来，要抓你才是正确的举动吧。"他完全不以为意地说。

这家伙！我想反驳，可是他说得好像有道理，我竟然无言以对。

"那我现在可以走了吗？"我沉默了好一会儿，终于想到了这个关键的问题。

"可以，只要证明你的确是迷路了。"他似笑非笑地说。

这让我犯了难。迷路者怎么证明自己的确是迷路了呢？

这么想着，陈管家已经打开了别墅的门。

我挣扎了很久，最终还是跟着走了进去。

进了别墅，我粗略地扫视了一圈，这里装修得非常精致高雅，如同中世纪的英国府邸，但此时的我无心欣赏。

我到底该怎么办呢？

"坐吧。"少年的声音将我的思绪拉了回来，他坐在高背椅上，手里握着一个水杯，正静静地看着还站在玄关处发愣的我。

"哦，谢谢。"我走过去，在他旁边的椅子上坐下，努力平复了

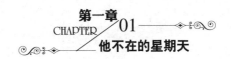

一下自己乱糟糟的思绪，说："你要我怎么证明给你看？"

"证明？"他不解地看着我，像是不明白我为什么说这个。

"不是你说，只要能够证明我到这里是因为迷路的缘故，你就让我走吗？"我说。

他轻轻点了点头，露出恍然大悟的表情："嗯，是这样的。"

"那你要我怎么证明呢？"我问。

"这是你的事情。"他无比淡定地说。

我深吸一口气，压下那股想要揍他一顿地冲动。真是人在屋檐下，不得不低头啊！

"好吧，事情是这样的，我忽然想吃蛋挞，就出门去买，可是我不认识路，东拐西拐走了很远，后来我闻到了食物的香味，就一路循着香味来到这里了。"我说，"再然后的事情你也知道了。"

他微微挑了挑眉，似乎是思考了一下，然后缓缓地说："有时候说出口的话未必都是真的，我想我需要核实一下，你今天必须留在这里，明天让你的家人来接你。"

"这样啊？"我考虑一下，反正也找不到回家的路了，不如待在这里，明天给小辰打电话，让他来这里接我，正好他明天就回来了。

"成交，明天我的家人来接我，你得放我走。"我盯着他的眼睛，确认道。

他淡淡地看了我一眼，低头继续喝茶。不过我看到他轻轻点了下头，一下子就松了一口气，不管怎样，至少我现在算是安全了。

03

和那个汐少爷达成共识之后，我就被陈管家领进了一个房间。这个房间位于别墅的顶层阁楼，里面放着一张大床，靠窗位置放着一个写字台，写字台边立着一个挂衣架，除此之外，这个房间就什么都没有了。

白天见到的那个侍女给我送来了晚饭，吃完之后，我洗了个澡从浴室出来，发现有人在浴室外间的梳妆间里放了一套干净的睡衣。我记得刚刚进来的时候明明没有，应该是有人在我洗澡的时候送进来的。

我穿上睡衣走出去，用干净的毛巾擦了擦湿漉漉的长发，然后才躺在床上，却怎么也睡不着。

那个汐少爷到底是什么人呢？他真的会信守承诺吗？这里到底是什么地方……

"好烦躁。"我掀开被子坐了起来，揉了揉乱七八糟的头发，拧开床头的灯下了床。

就在这时，一阵柔和的钢琴声传进耳朵。一开始我以为自己听错了，屏住呼吸仔细倾听了一会儿，宁静的别墅里果然有钢琴的声音。

我的好奇心一下子被勾了起来。已经夜深了，会是什么人大晚上不睡觉，还有兴致弹钢琴呢？

我打开房门走了出去，顺着木楼梯一步一步往下走。

走廊上的灯很暗，也许是夜深的缘故，隔很远才亮着一盏小小的夜灯。不过好在今天是满月，别墅有很多落地窗，就算灯光暗淡，月光也能将别墅里的情形照得无比清晰。别墅外的树木在地板上投下光怪陆离的影子。

这条走廊显得十分幽深，不过钢琴声倒是越来越清晰了。

我拐过一个弯，走了几步就看到了一扇门。我把手轻轻按在门把手上，心跳莫名地开始加快，我竟然有些紧张。

钢琴声就是从门内传出来的。我深吸一口气，压下紧张的情绪，用力按下了门把手。

"咔嗒"的开门声在安静的夜中显得尤其响亮，不过钢琴声并没有停顿，像是弹钢琴的人没有听到开门声似的。

我推开门，一阵凉爽的夜风吹了进来，风里带着一股桂花的香气。我恍惚想起，今天是农历八月十五，中秋节。

我轻轻往前走了一步，这是个很大且空旷的房间，靠墙放着一排书架。房间里的灯并没有打开，只有从落地窗透进来的月光。窗户开着，夜风吹起半透明的纱幔。

而就在飞起的纱幔后，放着一架通体漆黑的钢琴，光滑的琴身反射着月光，闪着柔和的浅白色光芒，一双干净修长的手灵活地在琴键上弹奏着。

那双手的主人隐在飘动的纱幔后，偶尔露出的脸一半沐浴在月光里，一半被黑暗吞没。月光勾勒出他的脸部轮廓，苍白而脆弱，却又

美得像是奇迹。

他弹的曲子我没有听过，但是很美很美，并且有一抹挥之不去的忧伤藏在琴声里。

我的脚下仿佛生了根一样，无法往前迈出哪怕一小步，害怕脚步声打扰到他，害怕这么美丽的画面被我打破。

不知过了多久，钢琴声止息，如水的沉默淹没了这个房间，月光像白霜一样铺在地上。

我轻轻走进去，一直走到钢琴边，站定，按捺不住地伸手轻轻按了一下琴键，悦耳的音符顿时响了起来。

恰好此时纱幔落了下去，他的脸终于清晰无比地落入了我的眼里。

"是你？"我瞪大眼睛看着眼前的少年，刚刚隔得有些远，加上月光太朦胧，所以我并没有看清他的样子，现在这么近的距离之下，我才发现他竟然是汐少爷，那个看上去很冷漠，总是淡淡的，好像无论什么都不能让他产生兴趣的少年！

"除了我还会有谁呢。"他低声说，"你半夜不睡觉，来这里做什么？"

"我睡不着，听到有人弹钢琴就过来看看。看不出来，你钢琴弹得很好啊。"我再次打量他，"我之前觉得你可能是个坏人，不过能弹出这么好听的钢琴曲的人，一定不是坏人。"

"我是坏人？"他愣了一下，随即微微笑了起来。

白天的时候，我见过他似笑非笑的样子，简直就像只狡猾的狐

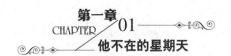

狸，不过现在这个笑容却十分单纯干净，一点心机也没有的样子。

"对啊，你扣着我不让我回家，当然是坏人。"我理所当然地说。

"这么说起来，你也是坏人啊。"他目光淡淡地看着我，"忽然出现在我家，你说是不是很可疑？"

"你就这么不相信人吗？"我在钢琴边坐下来，不服气地看着他，"忽然出现的也不一定就是坏人吧，比如我。"

"不是说，骑白马的不一定是白马王子，也有可能是唐僧吗？"他低笑着说，"谨慎一点，总是没错的吧。"

"好吧，反正不管怎样，我不是坏人。"我放弃和他理论，因为我不认为自己能够撼动别人的思想。而且像他这种有钱人家的少爷，谨慎一点也不是坏事吧。

"今天是中秋节呢。"我将目光从他脸上移开，望向窗外。可是这个位置看不到月亮，我索性站起来，将半开的门完全打开，大步走了出去。

中秋节是一家人围在一起吃月饼赏月的好时候。在来这座城市之前，每年中秋，我都是和宋姨还有小辰一起过，不过升学之后，因为这里离宋姨住的地方有点远，所以去年的中秋节，我和小辰都没有回去。今年宋姨生病了，小辰回去照顾宋姨，现在他们应该在一起吃月饼、看月亮吧……

"你怎么一人在这里弹钢琴，你的家人呢？"我回头看了一眼仍坐在钢琴前的少年，"今天是团圆的日子吧，你爸妈都不在你身边

吗？"

"那种事情，谁在意啊。"他淡淡地说了一句，微微扭过头，这让我看不清楚他脸上的神色。

我耸了耸肩，虽然他说得毫不在意，可是刚刚的钢琴声里，明明透着一股挥之不去的哀伤，他一定说了谎吧，他肯定是在思念着谁。

只是这和我并无关系，明天小辰接我回去之后，我和他应该就不会再见面了，算起来，只是一面之缘的陌生人，我并没有资格去过问他的事情。

想到这里，我将到了嘴边的疑问硬生生压了下去。

"月亮真圆啊。"我在台阶上坐下，手肘撑在膝盖上，双手托着下巴，仰头看向头顶的月亮，"真好看，你说那里真的住着嫦娥吗，真的有捣药的玉兔吗？"

"可能吧。"他的声音从我身后传来，我没有回头。

脚步声靠近，然后他在我身边坐了下来。

"我要回去睡觉了。"

我站起来打算往回走，他却轻轻抓住了我的手腕，低声说："既然来了，就一起看会儿月亮吧。"

"好吧。"我重新在原来的地方坐下来。

八月十五的夜晚，在陌生的地方，与一个陌生人一起看月亮，也是非常奇妙的体验。

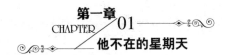

04

"你长得很像一个人。"他轻声说。

"谁？"我不由得有些好奇。之前在花园里，他就问过是不是曾经在什么地方见过我这样的问题，现在又说我长得像一个人。他见过和我长得像的人，会是谁呢？

我没有关于亲人的记忆，会不会是……

他轻轻摇了摇头，并没有回答我的问题。

"你告诉我啊！"这次轮到我着急了，"说不定那个人是我的亲人呢！我是个孤儿，没有见过自己的亲人，你见过和我长得像的人，她可能是我的妈妈呢！"

"那不是你妈妈。"他很肯定地说，"别乱想了。"

"你为什么这么肯定？"我扭头看他，心里莫名地有些生气。好一会儿他都没有回答我的问题，我有些生气地说："不说拉倒！我睡觉去了，晚安！"

从这里回到我住的阁楼没有岔路，所以我准确地找到了那个房间。

躺在床上，心情有些糟糕，我拉过被子盖在身上，眼睛看着窗外的月亮。在这个万家团圆的节日，独自住在别人家里，说不孤单是骗人的。

　　每个人都有亲人，都有能够回去的地方，虽然宋姨对我和小辰一样好，可是不管怎样，我仍旧期待见到自己的亲人，我想知道为什么我会成为孤儿。

　　这么想着，我迷迷糊糊地进入了梦乡。

　　这一夜我做了一个梦，梦里忧伤的钢琴声一直响个不停，满世界都在下雪，我赤足走在雪地上，不知道从哪里来，也不知道要到哪里去。

　　到处都开着水晶一样奇怪的花，整个天地间只有我，只有雪，只有我在雪地上印下的孤单的脚印。来处一片迷蒙，前方亦是白茫茫一片雪原。

　　其实这个梦我并不是第一次做，每当我快要遗忘这个梦的时候，就会重新再做一次，像是不想让我轻易遗忘一样。

　　因为做了一夜的梦，我早上起来十分疲惫。梳洗完毕，我换上昨天来时的衣服，被陈管家带去了客厅。

　　汐少爷正坐在沙发上看书，他的表情和昨天白天的时候一样，有种拒人千里之外的疏离感，和昨晚弹钢琴的少年仿佛根本不是同一个人。

　　我都要怀疑他有双胞胎兄弟了。不过那样又说不通，因为昨晚他见到我并没有任何吃惊的情绪，所以他就是汐少爷。

　　啧啧，这变脸的功夫，真是叫人赞叹。

　　吃了侍女送上来的早饭，又过了一会儿，我算着小辰应该回来了，就用别墅的电话打了电话回去。电话很快接通了，电话那头传

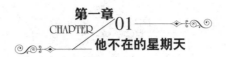

来小辰熟悉的声音："小瑶，你怎么不在家？冰箱里的吃的也没动多少，你人呢？"

"我在外面，你快来接我！"听到他的声音，我有种想哭的冲动。

问了陈管家这里的地址，给小辰报了过去，又说了会儿话，我才挂断了电话。

"说了什么？这么久。"我走回客厅的时候，汐少爷淡淡地问了一句。

"你管我说什么。"我没好气地说，"昨天我们可说好了，今天有人来接我，你可得放我走，你扣了我一晚上，肯定把我的事情全都查了一遍吧？"

"或许吧。"他说，"不过没人来跟我说你有问题。"

"啊？"我愣了一下，不过随即反应过来，他是少爷，这种事情哪能让他费神，而且他身体还很糟糕的样子。

他似乎离不开药，每顿饭后，休息一会儿都得吃药，这不，陈管家又拿来了药。

吃过午饭，小辰还没来，不过这里离家里有点远，小辰赶过来也需要时间。

汐少爷午饭过后需要午睡，管家和侍女不知道去了哪里。

我没有睡午觉的习惯。百无聊赖的我决定在别墅里到处走走，看看能不能发现点好玩的东西。

只是走了十几分钟后，我发现自己似乎迷路了。都怪这座别墅太大，像迷宫一样，道路四通八达的。

我随手推开一扇门，发现房间里摆放着很多书架，书架上全是书，而窗户边放着一个写字台，写字台前有一张高背椅。这里应该是书房。

我走得久了正好有些累，于是就走过去在椅子上坐下。书桌上堆着很多书，我随手拿起一本，是《乱世佳人》。我趴在写字台上看起来，正看得入迷，手臂却不小心碰落了写字台上其他书。我将那本《乱世佳人》倒扣在桌面上，蹲下身去捡掉落的那本书。

然而这时，一样东西吸引了我的注意力。

那是一张干花做成的书签，安静地躺在一本摊开的书里。那花很奇怪，半透明，仿佛水晶一样。我伸手捏起书签，放到眼前看了很久，心头浮上一丝莫名的熟悉感，好像有什么东西呼之欲出，脑海里有零碎的画面一闪而过。

"你见过这种花吗？"这时汐少爷的声音从门口传来，"你是不是见过这种花？"

我茫然地摇了摇头。我的记忆里并没有这种花的存在，我应该没有见过这种花。可是熟悉感越来越强烈，某种陌生的情绪蔓延上来，沉甸甸的，让我心里有点难受。

"你仔细想想是不是在什么地方见过这种花？"汐少爷在我面前蹲下。他离我很近，近到我似乎听得到他的呼吸声还有他的心跳声。不过很快我就意识到，那心跳声并不是他的，而是我自己的。

不知道怎么回事，我的心"扑通扑通"地越跳越快。

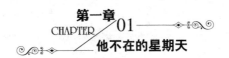

有什么东西像是要闯破心门跑出来一样。

我屏住呼吸，专注地回想。就在我似乎要想起什么的时候，一只手将那朵奇怪的花从我手里拿走了。我的视线跟着那朵花一路往上，笔直地看进了一双琥珀色的眼眸里。

05

那是一个穿着浅色衣服的少年，亚麻色的头发很清爽，他的皮肤很白，五官非常秀气，一双琥珀色的眼眸给人很友好的感觉。不可否认，这是个非常温柔帅气的男生。

"小辰！"我惊呼一声，站起来朝他扑了过去。小辰稳稳接住我，他的笑声就在耳边。我原本有些不安的心一下子就平静下来。

"你可算来了，我等你好久了。"

"我这不是来了吗？"他伸手摸了摸我的头，眼里满是宠溺的神色。

我冲他嘻嘻一笑，回头看了一眼汐少爷。他正静静地看着我和小辰，漆黑的眼眸里也不知藏着什么情绪。

"你说过的，我家人来接我，你就放我回家。"小辰在身边，我一下子有了底气，说话的声音都不自觉地提高了，"现在我家人来了，我要回家了！"

汐少爷缓缓地从地上站起来，他没有接我的话，而是摊开一只

手，伸到小辰面前。

小辰将那朵奇怪的干花放进他的手心，同时冲他露出一个略带歉意的微笑："我家小瑶给你添麻烦了，没事的话，我先带她回去了。"

汐少爷小心地将那朵花重新夹进书里，然后轻轻地放在了写字台上。

"家人？他是你的什么人？"他扭头问我。

"他是我哥哥！"我很自豪地说。

"哦，原来是哥哥。"汐少爷似笑非笑地看着小辰。

"现在我可以走了吗？"我拉住小辰。他轻轻反握住我的手，他的掌心很温暖，让我的心平静下来。

"走吧。"汐少爷轻声说。

得到了他的肯定答案，我就如同出笼的小鸟一样，拽着小辰就跑了出去。

自由的感觉真好，天似乎更蓝了，花也更香了，草地更绿了，连小辰也变得更帅了！

"下次再乱跑，我一定不来救你。"他笑着说，"让你自生自灭。"

"我知道小辰不会的。"我抓着他的手臂说。之前在电话里，我将事情经过都告诉了小辰，不然他现在一定会问我各种各样的问题。

"宋姨没事了吧？"我关心地问道，"你应该喊我起来跟你一起回去的，我都好久没见到宋姨了。"

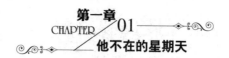
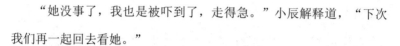
"她没事了，我也是被吓到了，走得急。"小辰解释道，"下次我们再一起回去看她。"

"好。"我点头说。

小辰带着我从小路拐出去，再走了几步，就到了公交车站台。投币上车，坐了十几站路，就到了我们小区外面的那个站台。我惊呆了，原来我走了那么久的路，也就十几站而已！看样子，我一定又兜圈子了！

回家之后，我赶紧补觉，正睡得迷迷糊糊的，小辰将我喊了起来，他给我做了蛋挞和蛋糕。

这可把我高兴坏了，我之所以迷路，可不就是因为想吃蛋挞吗？

"真好吃！"我咬了一口蛋挞。

"好吃就多吃点。"他将放在自己面前的蛋挞也给了我。

"要是能一辈子都吃小辰你做的东西就好了。"我一边吃一边说。

"那么喜欢啊。"他被我的话逗乐了，"那我就给小瑶做一辈子好吃的，怎么样？"

"哈哈，这可是你说的哦！"我笑着说。

吃过晚饭洗完澡，我躺在床上翻了个身。

月色透过窗户落进来。都说十五的月亮十六圆，这句话说得一点都不假，今晚的月色比昨晚还要清亮。

脑海中冷不丁地浮现出那个少年在月色下弹奏钢琴的样子，那曲子总给人一种很忧伤的感觉。原来那么冷漠从容、淡定优雅的人，也

会有别人无法看透的心事吗？

我带着这样的困扰缓缓进入梦乡。我再一次梦见了那片空旷的雪地，雪地上星星点点布满了奇异的花。

我猛地惊醒了，窗外鸟鸣啁啾，阳光温暖。我大口大口喘着气。

是了，那种花，那让我有强烈熟悉感的花，它一直出现在我的梦境里啊！

"小瑶？"这时小辰的声音从外面传了进来，"起来没有？快点出来吃早饭，该去学校了。"

"马上来！"我压下胸腔内翻涌的情绪，穿好衣服下了床，进了洗漱间刷牙洗脸，这才推门走了出去。

吃过早餐，我和小辰便拎起书包出发去学校。

秋天的早晨，凉爽的风迎面吹来，碎金似的阳光照在身上，暖洋洋的。

"雪瑶，早！"一个同学看到我，笑着跟我打招呼。

"早。"我冲她摆摆手。

走进教室，班上的同学基本都来了，笑闹了一会儿，班主任夹着书本走进教室。早读是英语课，班主任正是我们的英语老师。

我翻开英语书读了几句，同桌洛凌忽然神秘兮兮地跟我说："雪瑶，听说我们班来了个插班生。"

"插班生？"我惊讶地看着她，"你怎么知道的？"

洛凌神秘兮兮地冲我眨眨眼睛："你忘了我阿姨是教导主任？我也是今天早上才知道的。据说是昨天下午才办的转学，早上我坐阿姨

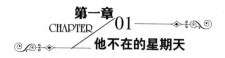

的车来学校，听她打电话跟班主任说的。"

我恍然大悟，洛凌的阿姨是教导主任，每次学校有什么活动，她总是第一个知道的。我们班也不是没有过插班生，不过上次没见洛凌这么激动。

"而且告诉你件事情，这个插班生是从青石学院转来的。"她压低声音说。

我瞪大眼睛看着她："青石学院？你没听错吧，青石学院的会转到我们学校来？"

"我一开始也以为听错了，但是我看了阿姨放在车上的资料，的确是青石学院的。"她说。

我终于明白她为什么会这么激动了。青石学院是非常有名的私立学校，在里面念书的人个个都有了不得的身家背景。

青石学院的学生怎么会转到我们班上来？

正困惑着，教室里蓦地一静，跟着我就听到了班主任的声音："同学们静一下。"说着，他扭头看向教室外面，笑着点了点头。

接着，一个穿着我们学校制服的男生缓缓地走了进来。

"啊！"我猛地拍了一下课桌，惊得站了起来。

全班人的目光立即都落到了我的身上，我却浑然未知，因为此刻我全部的注意力都集中在那个人身上。

他站在讲台边，表情从容不迫，漆黑的眼眸里藏着难以捉摸的情绪。他就这么安安静静地站着，如同一朵开在水里的莲，优雅淡然，好似这世上无论什么都入不了他的心、他的眼。

这个人分明就是我那天遇见的汐少爷！

"坐下！"洛凌飞快地拽着我坐下来，"你干什么这么激动，难不成你认识他？"

"我……"我刚想说我当然认识他，可是转念一想，我连他叫什么都不知道，这怎么能算认识呢？可是，中秋节我们还一起赏月……

"这是顾言汐同学，今天转到我们班上，大家欢迎。"班主任说着带头鼓起掌来。讲台下更是掌声如雷，女生们看着他的眼神显得十分狂热。

真是太不矜持了，虽然人家长得的确很帅。

"夏雪瑶，看你刚才的反应，你是不是认识顾言汐？"班主任这时候将视线移到我的脸上，"这样，顾言汐你就坐在夏雪瑶后面的空位上吧。"

"好。"他淡淡地应了一声，拎着书包缓缓地朝我走来。

他没有看我，可是随着他的靠近，我的心跳越来越快。我的个子在女生里面算是高的，所以座位是在倒数第二排靠窗的位置，而我后面的位置一直空着没有人坐，就像是一直在等待着谁的到来一样。

原来他叫顾言汐。我在心里默念着。

第二章

CHAPTER

/02

从雪中走来的客人

午夜穿着水晶鞋的灰姑娘，悄悄将秘密带进你心底。嘘，别说话，我的爱人，等到今冬第一场大雪来临，她一定会穿着水晶鞋，像归巢的雨燕一般，扑进你的怀抱，用最温柔的声音唱情歌："嗨，我的爱人……"

01

刚下课，很多女生都跑过来跟顾言汐搭话。我趴在桌子上，身后叽叽喳喳的，有点吵。

"小瑶。"有人敲了敲我边上的窗户，喊了我一声，我扭过头，看见了小辰熟悉的笑脸，"开窗。"

我忙将窗户打开，他站在走廊里，笑着说："借我支笔，早上把笔盒落在家里了。"

"给你。"我从笔盒里拿出一支笔递给他。

他接过笔，目光扫到我身后那个座位时，明显怔住了："他……"

"他是才转到我们班的。"我解释道，"好巧啊。"

"嗯，是挺巧的。"小辰一直看着顾言汐。

我回头看了一眼，只见他也正看着小辰，脸上挂着一种似笑非笑的表情。

"放学在教室别走，我来接你。"小辰将视线重新落回我的脸上，"别又迷路了。"

"知道啦，你快回去吧，马上就要上课了。"我笑着回答。

小辰走后，我将窗户重新关上。今天风有点大，开着窗户会觉得冷。

"羡慕死你了，有小辰这么好的哥哥。"洛凌说，"长得帅，学习好，会做饭，关键是人还很温柔。"

"是吧，我也觉得小辰很好。"我很自豪地拍拍胸脯。

"呵。"一声压得很低的笑声从身后传来。

我回头看了一眼，只见顾言汐坐在椅子上，一手支着下巴，一手拿着一本书正看得入迷。

"你刚刚笑了吗？"

他放下书，抬起头看着我，目光里带着一丝促狭之色，说："没有，你听错了。"

"真的是这样？"我刚刚明明听到了笑声，可是坐在我后面的只有他一个人……

"嗯，是你听错了。"他淡淡地说。

我想反驳他，可是一时间竟想不到反驳的话，只好转过身，重新

趴在桌子上。就在这时，压得很低的笑声又一次传进了我的耳朵。

我飞快地转过身，死死盯着他的脸，说："明明就是你笑了！"

他的嘴角还有一丝没有来得及隐去的笑意，漆黑的眼眸亮得惊人，他说："你觉得笑了，那就是笑了吧。"

"喂，你怎么会这么巧转来我们班啊？"我将椅子反过来，面对面地看着他，"你该不会是因为我吧？"

他瞟了我一眼，淡淡地说道："你想多了。"

呃，好吧，也许的确是我想多了，可是从那么好的私立学校转到我们这所很普通的学校，这未免太奇怪，还正好转到我们班上。

不过天下之大，无奇不有，也许真是我想多了。再说了，我和他之前因为误会认识，后来他都没告诉我名字，显然是不打算和我成为朋友，应该是想到将来不会再遇见，所以才连名字都懒得告诉我。

这么一想，他转到我们班可能真的是巧合。

"好吧。"我将凳子转回来，恰好这时上课铃响了。

到了中午吃饭的时候，小辰迟迟不来喊我吃饭，我坐在座位上，肚子饿得咕咕叫。

"你不去吃午饭吗？"身后传来一个淡淡的声音。

我回头看了一眼，顾言汐慢悠悠地将东西收拾好了，正静静地看着我。

"我在等小辰呢。"我说，"你怎么不去吃饭？"

"正要去呢。要不要一起？也算是表达一下我的歉意。"他看到我一脸不解的样子，又解释道，"扣留你一晚上，还是在中秋节，是我失礼了。"

"可是我要等小辰。"我下意识地看向窗外。一瞬间不知道是不是眼花，我似乎看到教室外香樟树浓密的枝丫间，有一道白色的光一闪而过。我仔细地又看了一眼，那里只有树叶，哪里有什么白光？

奇怪，我不只是幻听，眼睛也出问题了吗？

"写张字条放在桌子上，他来了，自然就看到了。"顾言汐提议道，"我知道一家不错的西餐店，牛排非常好吃。"

顾言汐开始跟我述说牛排的原料和做法，我听得直冒口水。

"就这么办！"

我撕下一张纸，写下我和顾言汐吃饭去了，让小辰不要管我，自己去吃午饭的话，然后对顾言汐说："走吧，先说好了，要是不好吃，你得继续请我吃好吃的。"

"贪心的丫头。"顾言汐低声说道，"走吧。"

"好咧！"对于好吃的，我向来来者不拒。

顾言汐的脸色看上去不错，至少比周六那天好很多。

我跟着他一路走出学校大门，外面停着一辆黑色轿车。司机看到顾言汐，连忙拉开车门，恭恭敬敬地站在一边。

"上车吧。"顾言汐侧过身，让我先上车。

我也没和他客气，率先上了车。

顾言汐在我身边坐下后，我问道："你家是不是超级有钱啊，吃个午饭还有专车接送。"

"我不知道什么样叫超级有钱。"他想了想说，"如果吃饭有专

车接送就叫超级有钱，那大概是吧。"

我嘴角抽了抽，要不是看他说话的表情很严肃，我都要以为他在胡说八道忽悠我了。

我张了张嘴正要说话，眼角的余光忽然瞥见一道白色的光芒从右前方迎面而来。我本能地感觉到了危险，一把抓住顾言汐，将他扑倒在后座，低喝一声："小心！"

与此同时，"哐当"一声，车窗玻璃应声碎裂。

轿车发出刺耳的刹车声，在惯性作用下，我的身体猛地往前撞去，这一撞我顿时两眼冒金星。

"不要停，开车！"顾言汐大声喝道，"用最快的速度，开车！"

"嗖——"

车子飞速朝前疾驰而去，而与此同时，后面传来一阵刹车声。

因为车辆忽然启动，我不由自主地朝后扑去，脸贴在了车后面的窗户上，可以看到后面有一辆纯黑的轿车跟了过来！

"喂，什么情况？"我惊呼一声。

02

一个小时后，我瘫倒在沙发上，双腿直打哆嗦，还直犯恶心。刚刚和后面那辆车你追我逃了半个小时，才总算将那辆车甩掉了。

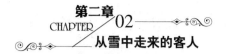

我们现在待的地方，是顾家的那栋别墅。

顾言汐身体本就不好，经过刚才的折腾，回来之后就晕了过去，私人医生正在给他诊治。

我则待在客厅里，像摊烂泥一样瘫软在沙发上，一动也不想动。

以后打死也不跟顾言汐走了，真是太危险了！

肚子适时叫了一声，我这才想起到现在还没吃午饭。我心里真是后悔极了，要是老实留在教室里等小辰该多好啊，现在好了，午饭还不知道啥时候能吃上呢。

正当我懊悔不已的时候，陈管家走了过来，让我去餐厅吃饭，说是少爷吩咐他给我准备了午饭。

"顾言汐醒了吗？"我连忙问了一声。

管家点了点头："刚刚醒过一次，现在吃了药，已经睡下了。"

我松了口气，没事就好。

我站起来跟着陈管家进了餐厅。

餐桌上放着一份西式午餐，餐盘里是一份牛排，看样子顾言汐虽然病倒了，不过还记着要请我吃牛排这件事。

吃午餐的时候，管家和侍女都退了下去，偌大的餐厅就我一个人。

正吃着牛排，忽然觉得有人在看着我，我抬头看了一圈，却没发现任何人。

"看错了吧。"我嘀咕了一声，然而吃了几口之后，那种被窥视的感觉又出现了。

　　我假装没意识到，用余光四下搜寻着，最后一团白白的东西映入我的眼帘。

　　那是什么东西？

　　像一团洁白的雪，有一双银白色的眼眸，还有一条蓬松的尾巴，它趴在落地窗外，一动不动地盯着我。

　　我猛地放下刀叉，用最快的速度扑过去。那小东西惊了一下，抬腿就要跑，我已经一把揪住了它的尾巴。小东西挣扎了几下，最后一动不动地趴在了地上。

　　不会吧，是我动作太粗鲁弄伤它了吗？

　　我将它放在膝盖上观察着。

　　然而就在这时，小东西跳向了地面，幸好我眼疾手快地再次抓住了它。

　　"竟然装死！"我怒了。

　　它看上去有点像猫，也有点像一只萨摩耶幼犬，通体雪白，尤其是那双银白色的眼眸，特别漂亮。

　　"你到底是什么东西啊？"我喃喃地说，"没见过你这样的动物呢。"

　　"可以把它还给我吗？"这时，一个带着笑意的声音传来。

　　我吓了一跳，猛地抬起头来。

　　来人穿着一身雪白的礼服，戴着宽边白色礼帽，迎着光朝我走来。阳光落在他脸上，更衬得他眉目如画。

　　他嘴角带笑，一步一步地走到我面前。

我呆呆地愣在那里，而那只白色的小东西立即从我手里挣脱，一下跳上那人的肩膀，长长的蓬松的大尾巴像是一条围巾一样，环在他的脖子上。

"你是谁？"我下意识地问了一声。

他在我面前蹲下身，目光与我平视。

我从他冰蓝色的眼眸里看到了大海一般深邃平静的眼神。

"你要做什么？"我往后挪了一下，心里竟然有点紧张。

"别害怕。"说着，他拽住我的手臂，将我拉了起来，"我不会伤害你。"

我的眼睛一下子瞪得老大。

我想起来了！

之前在路上，我看到的那个白色的东西，难道就是这个奇怪的动物？后来我因为车子忽然启动而趴在车后的车窗玻璃上，透过窗户看到坐在后面那辆车里的好像就是眼前这个穿着一身雪白礼服的男人。

"是你！"我吃惊地看着他，同时飞快地往后退了好几步，"你怎么会在这里？你为什么要袭击我们？"

他轻笑着摇了摇头，说："你误会了，我不是袭击你的人，相反，刚刚我保护了你们。"

"保护？"我用看神经病般的眼神看着他，"你别开玩笑了，你居然说追着我们跑的人不是你？你当我瞎了还是当我傻啊。"

他听我这么说也不恼，耐着性子跟我解释："袭击你们的是青丘国的人，我是来保护你的。"

"保护我？"我在混乱中抓住了他话里的关键词，"为什么是保护我？难道不是有人要袭击顾家少爷，而是袭击我？你别开玩笑了，我是个普普通通的女孩子，和人无冤无仇，干吗来袭击我？还有，青丘国是什么？"

他愣了一下，用一种奇怪的目光打量我，好一会儿他笑了："原来是这样。"

"是怎样啊？"我都快抓狂了，这人说的话每个词我都懂，可是连在一起我却不懂，"你回答我的问题啊！"

"过些日子，你自然会明白的。"他并不跟我解释，而是带着那只奇怪的动物从我面前走开了。

"喂，你别走！"我反应过来，飞快地追上去。

然而眼前什么都没有，一切都像是从未发生过一样，我找了一大圈也没找到那个人。

"奇怪了，难道是我白日做梦？"我皱着眉，一脑子的疑问，朝四下看了一眼，发现自己正站在别墅后面的仓库门口。库房前面种着不少蔷薇花，在阳光下，花的颜色越发艳丽，那色彩都有点不太真实。

我用手敲了敲自己的脑袋，难道最近睡眠不足，导致出现幻觉和幻听？

我转身想要离开这个地方，然而就在这时，仓库的门发出了一下声响。

"原来躲在这里！"

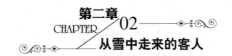

我朝仓库跑去，原本关着的仓库门此时开了一条小缝，我推开仓库门，跟着就愣在了原地。

我原本以为那个奇怪的白衣人躲在这里，可是里面什么都没有。也不能说什么都没有，这间显然被废弃的仓库里面，破旧的柜子已经开始腐朽，不知名的花藤攀在上面，一朵一朵殷红的花开得正盛。这里似乎很久没有人来过，散发着一股的腐朽气息。

"夏小姐。"陈管家的声音冷不丁地从背后传来。

我惊得回头看去，心也狂跳起来。

"你吓死我了！"我拍着胸脯抱怨了一声，"你怎么都不出声啊，人吓人吓死人，你知不知道。"

"抱歉。"他略带歉意地弯了弯腰，"我刚刚喊了你一声，你并没有听见。"

"这里原本是用来做什么的？"我指着仓库问道。

管家看了一眼，神色并没有什么变化，他说："原本就是个仓库，后来有一年，少爷在这里玩的时候，不小心受了伤，这里就被废弃了。"

被废弃的仓库，看样子并不适合藏人。

"那你有没有看到过一个人，他穿着白色礼服、戴着白色礼帽，眼睛是冰蓝色的，还带着一只纯白色的很像小猫的宠物。"我追问了一句。

管家仔细想了想，然后摇了摇头："我并没见过这么个人。"

"好吧，我就是随口问问。顾言汐醒了吗？"我将疑问暂时压了下去。

那个人说过几天我就会知道，既然这样，那我就过几天再想这个问题吧。

管家说："少爷已经醒了，在客厅等你。"

03

回到客厅，顾言汐果然已经起来了，他的气色仍旧不太好，脸白得跟纸片一样，嘴唇却仿佛涂了口红一般红。他闭目坐在那里，听到我来了，慢悠悠地睁开了眼睛。

"今天实在抱歉。"他冲我满是歉意地笑了笑，"我已经让管家帮忙向学校请假了，你下午也可以不用去学校。"

"不去学校怎么行？"我这才发现现在已经快三点了，下午的课早就开始了，"好吧，也只能这样了。"

"你受伤了。"他看着我的脸，冷不丁地问道，"管家呢？让你照顾好客人，你是怎么照顾的？"

"是我的疏忽，我这就去取医药箱。"管家说着，忙退了下去。

我摆摆手说："不用，我好好的没受伤，你别大惊小怪的。"

"这里。"他伸手指了指自己的额头。

我心领神会，摸了摸自己的额头，这一摸顿时疼得我龇牙咧嘴起来。原来之前在车上我扑到后车窗上时，撞到了额头，不过后来因为

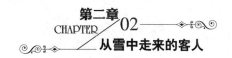

太紧张也就没在意，再后来肚子饿，就更顾不上这点小伤了。

"没事，过几天就好了。"我说。

这时管家拿着药箱走了过来，他凑过来就要帮我处理伤口，我本能地往后退了一步。

"我自己来好了。"我从管家手里接过棉签，拎着药箱走到客厅壁炉前，那里有一面镜子，虽然不能用来梳妆穿衣，但是照出额头上的伤口还是可以的。

"别动。"一只手轻轻按住了我的头顶，紧接着，我手里的棉签被另一只手拿了过去。

我看着镜子里的情形，顾言汐正站在我的身后，他比我高了一个头，此时微微低着头，也看着镜子里的我。

他绕到我面前，用沾了碘酒的棉签轻轻擦拭我额头的伤口，我疼得倒吸了一口气。他的手顿了顿，低声问道："弄疼你了吗？"

"没，没事。"我摇了摇头，"一会儿就好了。"

"嗯。"他应了一声，继续替我擦拭额头上的伤痕。

其实他有点小题大做，只是被撞了一下，肿起了一个青色的小包，小包有点破皮，并没有流血。

"顾言汐，你是不是得罪过什么人，还是你家里人得罪过什么人，不然怎么会有人袭击你？"我问。

顾言汐给我的伤口抹了点药，又细心地贴上创可贴，做好这些他才转身，回到沙发上坐好。

我跟着他走过去，在他对面坐下。这时候侍女端了一杯茶送上

来，管家将医药箱收拾好，拿了下去。

"不过看你今天的反应，你是不是经常被人袭击？"我想起在车上的时候，顾言汐让司机快开车的情形，那时候他好像一点都不慌张。我不知道是他本性就这么淡定，还是因为遭遇过太多次，以致习惯了，不会再大惊小怪。

"嗯。"他点点头，"连累你了。"

"没事。"我心不在焉地挥了挥手，心里却想起那个白衣男人的话，他的意思是今天被袭击是因为我，可是顾言汐却说是自己连累了我。

到底是怎么回事呢？之前那个白衣男人是我的幻觉，还是真的有那么个人的存在呢？

正想着，客厅的门被人从外面推开了，侍女领着一个人走了进来。

"小辰！"看到侍女身后的那个人时，我叫了一声，"你怎么在这里，你没上课吗？"

他冲我笑了笑说："我看到了你留下的便签。"

"那你怎么知道我在这里？"便签上，我只说自己和顾言汐一起吃饭去了，并没有说会到这里来。

"因为我听说顾同学请假了，我不放心，就过来看看。"

他走过来，伸手撩起我额前的头发，看到我额头上的创可贴，眼神蓦地变得严肃起来，他瞥了顾言汐一眼，沉声问："怎么受伤了？"

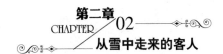

"没事啦，只是不小心碰到了。走吧，我们回家吧，我正想让他们送我回家呢，你来了，正好带我回家。"我说着，轻轻推开了他的手，将刘海儿重新放下来，挡住了额头上创可贴。

"好，回家。"他的表情柔和了一些。

"我回去啦，明天见。"我回头看了一眼，顾言汐坐在沙发上，漆黑的眼眸里像是隐藏着些什么。

"再见。"顾言汐说。

拧开门把手，外面的风扑面而来，我的头发被风吹起。

而就在这时，小辰忽然从后面圈住了我的脖子，身后传来门关上的声音，在那一瞬间，我似乎听到了小辰的喘息声。

"怎么了？"我回头不解地看着小辰。

他的眼神有些慌乱，见我看着他，他对我露出一个温柔的微笑："没什么，走吧。"

他放开我，伸手帮我理了理乱七八糟的头发。

"你这双手一定带着魔法。"我打趣道，"又能写好看的字，又能做好吃的菜，还能帮我梳头发。"

他抿唇笑了，揉了揉我的头发，说："别拍马屁了，说吧，晚上想吃什么？"

"知我者夏染辰也！"果然还是从小一起长大好，我一开口，他就知道我的心思了。

回家之后，小辰让我先去洗个澡，他则进了厨房开始做饭。

我将浴缸放满水，舒舒服服地躺进去泡澡。有什么比紧张一天之

后完全放松地泡个澡还要惬意呢？

蒸腾的水汽如云似雾，这让我想起中午在顾家别墅看到的那只雪白的动物。

那是真实存在的，还是只是我的臆想，我还是搞不清楚。

洗完澡，我穿好衣服走出浴室，来到客厅随手拿起一本杂志。翻开一页之后，我猛地惊呼起来："是狐狸！"

那是一幅杂志的彩插，上面印着一只通体雪白的狐狸，我这才意识到，那只奇怪的动物到底是什么了。

那是一只纯白色的狐狸，为什么当时我愣是没想到呢？大概是因为这东西以前只偶尔在电视上看到，从未在现实世界看到过，所以才没认出来吧。

"怎么了？"小辰听到我的惊叫声，穿着围裙就走了出来，他满眼关切地看着我，"发生什么事了？"

"没事，你继续忙，我就是觉得这幅图片上的狐狸很好看。"我解释道。

小辰狐疑地看了我一眼，就转身回了厨房。

我捧着那本杂志在沙发上坐下，仔细确认了一下。虽然那只狐狸跟图片上的这只有区别，但可以肯定，那的确是一只狐狸。

一个穿着白礼服、带着白狐狸的男人，会是什么人呢？我的记忆里并没有那样的人存在，我的确不认识他。

算了，不想了，该知道的时候自然会知道的。

我夏雪瑶有个优点，就是不喜欢打破砂锅问到底，凡事不强求。

我将杂志随手丢开，跑进厨房给小辰帮忙去了。

04

连续好几天，一切风平浪静，当我快要忘记那个白衣男人和白狐时，事情有了新的动向。

今天实在是个很寻常的日子，唯一不寻常的就是下雪了。今冬的雪下得比往年早了一个月，往常这个时候还只需要穿一件薄棉袄，但今年，这场雪下得毫无预兆。

不过我向来不怕冷，所以今天也只是穿了一件毛衣，再在外面套了件外套。

吃过晚饭，做完作业，我和小辰都打算休息了。然而就在这时，敲门声响了起来。

我和小辰面面相觑，这个时候谁会跑来敲门啊？

"你去开！"我用脚踢了踢小辰的腿，"等等，这么晚来敲门……万一是坏人怎么办？"

"但也不能就这么任由他敲门，吵到邻居就不好了。"小辰好脾气地说，"我去开门看看。"

我还想说什么，小辰已经走到了门边，他伸手按住门把手，拧动反锁的按钮。

"咔嗒！"门应声而开，一阵狂风卷着雪花飘了进来。

我下意识地抬手挡了一下，一个纯白色的身影映入眼帘。我怔住了，脑海中立即浮现出那天在顾家看到的那个白衣男人。

"咦？"我将手放了下去，再仔细看了一下，却发现来的并不是那个男人，而是个女人。

这是个看上去让人猜不出年纪的女人，她像是感觉不到严寒似的，穿着一件白色纱裙，头发非常长，流水一般垂在身后。她非常美丽，那美有种不属于人类的魅惑，她的额头上有一个红色的火焰标记，嘴唇是浅浅的樱花色。而她那露出来的耳朵，尖尖的，和人类的耳朵完全不一样。

"小辰，你看你放了什么乱七八糟的人进来！"我下意识地往沙发里面挪了挪，"根本不认识啊！"

"哼，不管什么时候见到你，你都这么没有礼貌。"她露出嘲讽似的笑容看着我，完全不看站在边上的小辰，一步一步朝我走来。

"喂！你别过来！"我本能地觉得这个女人对我有威胁，尖叫着从沙发上跳下来，一直退到墙边，退无可退为止。

这个奇怪的女人却不打算放过我，她一路逼近我，最后把我拦在墙角，她忽然抬起手朝我靠近。

我紧紧地闭上眼睛，心几乎要跳出嗓子眼。

然而没有遭到想象中的袭击，我只觉得额头上一阵凉爽。睁开眼睛，我发现她白皙纤细的手指间正夹着前些天顾言沙替我贴上去的创可贴。

"这种东西，你并不需要吧。"她说着随手将创可贴丢开，再次将手伸向我。冰冷的指尖触碰着我的额头，却没有疼痛感传来。应该是擦伤的地方已经全好了。

"你是谁啊？我不认识你！"我侧着身子从她面前逃开，拉着小辰挡在前面，警告道，"你别乱来，小辰可是练过跆拳道的，我劝你赶紧走，我们家没有什么值钱的东西让你记挂。"

"你把我当成了小偷？"她的脸色忽然变得很不好，不过很快又恢复了笑容，"不过你这么说，倒也有点道理，我的确是来偷一样东西的。"

"都说了，这家里没什么值钱的东西。"

她伸出一根手指轻轻晃了晃："谁知道呢，可能你觉得不值钱，我却觉得价值连城呢？"

"你到底是什么人？"我不关心她想要什么，我就想知道她到底是谁，"啊，那天袭击我的人，该不会就是你吧？"

"袭击？"她愣了一下，跟着就哈哈笑了起来，"不是吧，那种程度算什么袭击，我只是好久没见你，跟你打声招呼罢了。"

"什么乱七八糟的，我说了我不认识你。"我怒视着她，"你不说我就报警了，让警察来抓你！"

"坐下说吧。"一直被无视的小辰终于找到机会开口，"小瑶，来者即是客。"

那女人这才将目光移到小辰身上，她打量了他一下，然后笑了笑，在沙发上坐了下来。

我见她坐了，顿时生出一股不服气的情绪，也不知道是怎么回

事，忽然有种不能让她比下去的感觉浮上心头。我在她对面的沙发上坐下，挑衅地哼了一声。

"你可真让我好找呢，芷梨。"她眯起眼睛看着我，"真没想到，你竟然会跑到人类世界来。"

"你在说什么啊？"我被她的话弄得一头雾水，"我不是什么芷梨，你一定认错人了。我是夏雪瑶，我本来就是人类。对了，你还没说你究竟是什么人呢。"

这时小辰端着两杯茶过来，他将其中一杯放在那个女人面前，另一杯端给了我，然后他在我身边坐下，轻轻捏了捏我的手，示意我不要害怕。

我一下子有了底气，手也不抖了，说话也没颤音了，我说："快说啊！"

她并没有理我，而是端起茶杯斯文地喝了一口，然后用赞赏的眼神看了小辰一眼："好茶。"

"你喜欢就好。"小辰淡淡地说。

"有眼睛的都看得出我不是人类吧。"她轻轻放下茶杯，双手合在一起，似笑非笑地看着我。

"不是人类？"虽然我一直在心里觉得她不是人类，可是从她嘴里这么说出来，我还是被吓到了，"你是妖怪吗？今年这雪下得很反常，难不成你是雪变出来的妖精？"

"你说对了。"她用一副孺子可教的表情看着我，"还有，不只是我，还有你，芷梨，你也不是人类。"

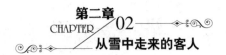

"别胡说八道！"我飞快地抢白，"我不是什么芷梨，我刚刚说了我叫夏雪瑶，你一定是认错人了，我才不可能是你的同类。"

"是吗？"她说着，目光若有似无地从小辰的脸上扫过，"夏雪瑶，倒是个不错的名字。我的耐心是有限的，我没有心情陪你玩角色扮演的游戏呢，把我要的东西给我吧，不然我也不知道我会做出什么事情来哦。"

"我怎么知道你要什么东西！"我被她自说自话的态度惹恼了，"妖精就是妖精，说话不明不白的！"

"看样子你是不想就这么交给我了。"她的目光蓦地一冷，室内的温度一下子下降了好几摄氏度，连我这个不怕冷的人也感觉到了寒意。

"我们换个地方说吧。"她说着，手笔直地朝我抓来。

小辰立即冲过来将我护在身后，然而她的手一偏，小辰就被扫到了一边。她抓住了我的肩膀，不顾我的挣扎，拖着我就往外跑。

"小辰救我！"我回头冲小辰喊了一声，可是在我回头的一瞬间，看到的却不是熟悉的景物。

那是一望无垠的雪原，似乎看不到尽头。

05

"喂，你别乱来啊！"我哆嗦着往后退，一边退一边虚张声势地

冲她吼，"我告诉你，我要是发起狂来连我自己都害怕！"

"哼。"她冷笑了一声，轻轻一挥手，狂风卷着雪花朝我扑打过来，"要是曾经的芷梨，看到现在的自己这副德行，不知道是哭还是笑呢。"

"我听不懂你在说什么。"我心里烦躁极了，这个妖精是怎么回事，我都说了我是夏雪瑶，不是什么芷梨，她是聋了吗？

"你听得懂的。"她笑着朝我逼近，走到我面前，用力扯着我的衣领，然后她抬手将我举起来，接着重重地摔到地上，"还手啊！当初你不是挺横吗？"

我躺在雪地上，疼得眼泪都快落下来了。我说："说话就说话，你怎么说动手就动手啊，打人是不对的！"

她一把扯掉了身上的长裙，露出雪白的肌肤。她的皮肤上纵横交错着很多伤疤，看上去很可怕。

她再次朝我扑来，将我按在地上，脸几乎贴着我的脸，我从她的眼神里看到了憎恨。她说："看到了吗？这是你的杰作！哈哈，芷梨，你可算是落在我的手上了！"

她说着，一脚将我踹倒在雪地上滑了十多米才停下来。我浑身的骨头像是散了架似的，我想说点什么，却发现疼痛让我开不了口。

我只能大口大口地喘气。还没等我缓口气，她又将我举了起来。

眼见着就要再次被摔落，我试图反抗，试图挣扎，可是我的挣扎在一个妖精面前是那么的微不足道，当我再一次被狠狠地摔在雪地上，我只能认命地放弃了反抗。

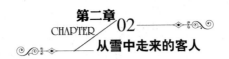
谁来救救我，我还不想死在这里！我在心里不停地呼唤，小辰，小辰快来救我！

可是我比谁都清楚，这毫无意义。

我再不愿意接受这个世界上存在妖精的事，但眼前发生的事让我不得不相信，这个世界上，原来真的不止有人类存在。

这个地方已经不是人类世界，应该是这个妖精的地盘，在她的地盘上，我呼唤一个人类来救我，是多么可笑的事情。

难道要死在这里吗？

我咬着唇，疼痛让我的知觉开始麻木，我甚至感觉到脸上湿漉漉的，有什么东西顺着额头滑下，没入雪地里，将白雪染成触目惊心的红色。

恐惧从灵魂深处传来，我会死在这里吗？

我不要死在这里！

"交出来！"那妖精在我耳边大声叫唤，"芷梨，交给我，我就不打你了。反正你现在这样，那东西在你手里也毫无意义。"

"我不知道……你说的是什么……"我断断续续地说，"我不知道你在说什么。"

"好吧，是你自己找死！"她忽然发狠道，"芷梨，你别怪我，要怪就怪你当初太狠了！"

她一掌朝我打来，我下意识地闭上了眼睛。

然而我等了许久，那致命的一掌迟迟没有到来，反而有一只温暖的手轻轻地摸了摸我的头。

我费力地睁开眼睛，一片深蓝色的袖摆从眼前扫过，我抬头的瞬间，那个人正好转过身来。

血水模糊了我的视线，我努力地仰起头，她看上去很高，一头乌黑的长发披在脑后，深蓝色的衣衫穿在她身上，为她增添了一丝英气。

"芷梨！"

迷迷糊糊间，我听到那个妖精惊呼了一声。

芷梨？

她就是芷梨吗？她就是那个妖精在寻找的芷梨吗？

"如芯，好久不见。"失去意识之前，我听到她用清冷的声音非常淡然地说出了这句话。

不知过了多久，我醒了过来。

四周死一般寂静，我似乎听到了风声，不，不只是风声，还有雪落下来的簌簌声响。

我似乎枕在谁的腿上，有人将我拥在怀里，那只手轻轻地抚着我的头发，一下一下，很温柔。

我努力想睁开眼睛看一看那人的脸，可是眼皮沉重极了，我怎么都睁不开眼睛。

"睡吧，睡吧。"那个清冷的声音在我的耳边低声呢喃，"等你睡醒了，一切就都恢复原样了。"

我想说话，却发不出声音；我想动弹，却发现身体根本不受自己控制。

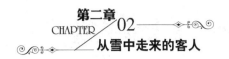
　　我心里非常着急，直觉告诉我，她马上就要离开了，可是我有很多问题想要问她，不能让她这么走了。

　　然而无论我多么着急，也没有任何办法，我感觉到她的手抚摸着我的脸，然后她似乎在我的额心留下一个羽毛一样轻的吻，跟着我仿佛坠入了一道极深的深渊。

　　就在我一口气就要憋不住的时候，身体触碰到了地面。我尖叫一声，睁开眼睛坐了起来。

　　"咦？"我错愕地看着眼前的一切，胃里翻江倒海，有种想要呕吐的感觉。

　　我忙站起来跑进洗手间，趴在马桶上呕吐起来，像是要将五脏六腑都吐出来才罢休一样。我吐到浑身发抖，一点力气都没有了，才终于不吐了。

　　我跪坐在马桶边，大口大口地喘着气。

　　这是怎么回事？

　　我怎么会在顾家的别墅里？

　　我揉了揉隐隐作痛的脑袋。

　　我隐约记得有一片雪原，记得有人不停地打我，那种临死的恐慌就像刻在骨子里似的，想起来就胆寒。

　　"你醒了？"一个熟悉的声音从卫生间门口传来。

　　我抬起头，怔怔地看着站在那里的顾言汐，恍然有种不真实的感觉，好像置身于梦境，可我分不清刚刚那些是梦，还是现在看到的顾言汐是我的梦。

　　"很难受吧。"他冲我露出一个歉疚的笑容，然后递给我一张纸巾，"擦擦嘴吧，今天连累你了，司机开车很急，一般人都会晕车的。"

　　"咦？"我下意识地接过纸巾擦了擦嘴，"司机？"

　　"是啊，起来吧，地上凉。"他走过来，把一只手伸向我。

　　我的脑海一片空白，梦游一般将手放在他手心，他稍稍用力便将我从地上拽了起来。

　　因为吐得太厉害，我的脚都没力气了，站起来的瞬间差点摔倒。我眼疾手快地抓住了洗脸池的边角，眼角余光一晃，看到了镜子里的自己。

　　镜子里的女孩，刘海儿被汗水打湿了，浓密的头发披散下来挡住了耳朵，一路披到腰际。额头上有一个隆起的小包，那是被撞之后留下的伤痕……

第三章

CHAPTER /03

青丘国的大妖精

你说妖精的眼泪是世上最好的药，于是跋山涉水去寻找，南国的红豆发了几枝，北国的雪花落了几茬，我等在彼岸谁的风景里，将思念熬成孟婆汤。说书人边弹边唱，故事里的你还不曾回来，可今冬的第一场雪，已经掩埋了归路。

01

我惊呆了，睁大眼睛看着镜子里的人，用力捏了自己一下，顿时疼得我龇牙咧嘴。

不是做梦，这是现实世界。

"今天几号，星期几啊？"我看着镜子里的顾言汐问。

顾言汐回答道："今天是星期一，几号我不记得，不过前几天才过的中秋节，你和我还一起看过月亮，才几天你就忘记了？"

看月亮？

是了，中秋节那天我迷路，然后误入顾家别墅，晚上的时候，被钢琴声吸引，在半夜和顾言汐一起看过中秋的月亮。

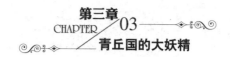

再接着就是星期一，顾言汐从青石学院转到了我们学校，还正好转到我们班上。

接着，中午他为了表达歉意请我吃牛排，在路上被人追，司机开着车忽左忽右地躲闪。我因为惯性，撞伤了额头。

"迷糊了吧，我们是先去吃午饭还是先给你处理一下额头上的擦伤？"顾言汐问我。

肚子"咕噜噜"地叫了起来。

"先吃饭吧。"我大概是做了一个很长的梦。也对啊，秋天怎么会下雪呢，关键是下雪我不觉得冷，只有梦里才会这样吧。我想。

"我做了一个好奇怪的梦呢。"我看着顾言汐说，"我梦见一个很好看的妖精，那妖精差点打死我。"

"估计那妖精是想为民除害。"顾言汐看了我一眼，用淡然的表情跟我开起了玩笑，"下午的课我让管家帮忙请假了。"

"这怎么行！"我说着，正好看到走廊边的墙上挂着一口大钟，时针已经指向了下午3点，"哎呀，我睡了这么久啊。"

"你在车上撞到车窗玻璃就晕过去了，睡了大概两个小时吧。"顾言汐说。

我浑身酸痛，司机开车可真够猛的，下次打死我也不坐他的车了。

"你呢，你没事吧？"我看了顾言汐一眼，"你身体那么差，车晃得厉害，你竟然没有晕？"

"我晕了，谁把你从车上扛下来？"他促狭地笑了一声，"我虽然身体不太好，不过还没那么脆弱。"

好吧，我似乎被一个生病的人嘲笑了。

到了餐厅，管家和侍女已经将午饭准备好了，是两份西餐，牛排的香味隔得老远就能闻到。

"哎，今天这份牛排可不算，你还欠我一份牛排。"我瞪了顾言汐一眼。

"你还敢让我请你吗？"顾言汐似笑非笑地说。

我立即打了个哆嗦。对哦，今天就是因为他要请我吃牛排，我才莫名其妙地被袭击。

"算了，先欠着吧。"我挥挥手，胃里空空的，当务之急是吃饭。

吃过午饭，我坐在沙发上不想动。顾言汐让管家拿了医药箱来，我都说了不用管额头上的伤了，他还是执意要帮我处理。

我吃饱喝足了不想动，也懒得和他争辩，就任由他帮我处理了一下额头上的擦伤。真是的，有钱人就喜欢小题大做，这么点擦伤，过两天自然就好利索了。

才处理完，小辰就来了。我本来打算晚点等小辰放学了，再让他来带我回家的，现在他提前来了，我自然可以早点回家了。

"我先回去了，明天见。"我回头冲顾言汐挥了挥手。

小辰拧开门把手，走到门口的瞬间，外面的狂风迎面扑来，我耳边的头发被吹了起来。就在这时，小辰忽然环住了我的脖子，门在背后缓缓关上。

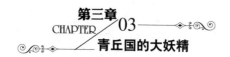

"怎么了？"我回头看了小辰一眼，在回头的瞬间，我猛地一愣，有种这一幕似曾相识的感觉浮上心头。

嗯，是我想多了吧。

"没什么，走吧。"他替我整理了一下乱七八糟的头发。

回到家之后，我泡了个澡就上床睡觉了。

第二天，我是被小辰从被窝里拉出来的，吃过早饭到了学校。洛凌盯着我额头上的创可贴看了半天，说："你昨天干什么去了啊，你是和人打架了还是摔跤了？这伤是什么情况？"

"别提了，撞在车窗上，擦伤了。"我打了个哈哈糊弄了过去。我可不想让人知道我和顾言汐之间的事情，虽然我们之间也没什么事，但是万一那些对顾言汐有意思的女生知道了，误会我怎么办？

就像我和小辰一开始来这里念书，大家不知道我和小辰关系的时候，看到我和小辰每天一起来学校一起离开，关系那么亲密，那些女生差点将我扒皮抽筋。

有这个前车之鉴，我绝对不会再让自己被女生们当成公敌。

我到了没多久，顾言汐就来了，他来之后，全班女生的目光都聚集了过来。

下课的时候，我去上厕所，还没进去，就听到里面传来一阵喧闹声。

"你怎么搞的？水都洒在我身上了，你今天不把我的衣服弄干就别想出去！"一个刁蛮的女声传入我的耳中。

厕所外面已经围了不少看热闹的人，我挤进人群走了过去，只见一个穿着校服的女生低着头，长长的刘海儿挡住她的眼睛，整个人看上去怯怯的，肩膀一起一伏，她似乎在小声地哭。

站在她面前的是三个女生，其中一个袖子撸到手肘处，正指着那个女生骂得口沫横飞。

边上这么多人就这么看着，也没人想着上去帮帮那个女生。

骂人的女生一直在说衣服被弄湿了，可是我盯着看了半天也没发现她的衣服哪里湿了，这不是明摆着欺负人吗？一股无名火噌地涌了上来，我这人最看不惯别人受欺负。

"喂。"我看了一会儿，那几个女生越来越过分，我实在忍不住了，便大声喝道，"你们几个人欺负一个人，还有理了？"

"哟，关你什么事啊？"那个袖子撸到手肘处的女生尖锐的目光一下子落在了我的身上，迈步朝我走来，"呵呵，我当是谁呢，这不是夏雪瑶吗？我早就看你不爽了。"

"怎样！"我才不怕她呢。

"怎么，想打架啊。"她的声音有些尖锐，让人听了非常不舒服，"这里不行，地方太小了，有本事咱们去楼顶！"

"去就去，谁怕谁！"说着，我一把拉过那个被欺负得一直哭的女生，"要是我赢了，你们不许再欺负她，听到没有！"

一直低着头的女生飞快地抬起头看了我一眼。

我顿时愣了一下，她藏在厚厚刘海儿后的竟然是一双非常好看的眼睛。而且不知道为什么，这个女生总给我一种很熟悉的感觉，就像是我在什么时候见过她似的。

02

十分钟后，我开始为我的冲动后悔了。

当然我并不是后悔帮那个被欺负的女生，而是后悔答应了那个女生去楼顶打架。我以为是一对一来一场搏斗，根本没想到她会那么无耻玩车轮战！

"喂，你们这是不对的，知不知道！"我猫着腰在三个人的缝隙里钻了出去，"太无耻了，怎么能三个对我一个！"

"所以说你太天真了啊，一直都活在别人的保护下吧，太不了解这个世界的残酷了。"那个撸袖子的女生转过身，一把揪住我的衣领。我反手搭住她的肩膀，一手扣住她的手腕，直接一个过肩摔把她丢了出去。

"别太小看人哦。"我擦了擦脸上的汗，喘着粗气说，"要知道就算是猫咪，也有锋利的爪子！"

"是吗？"声音近在咫尺，有人贴着我的背用力推了我一把。

我想回头却根本来不及，混乱之间也根本没有看清是谁推的我，也没有心思去考虑这个问题。

因为那阵推力，我猛地往前冲去，眼前近在咫尺的就是天台的边缘！

　　我倒吸一口气，惊叫一声朝下坠去，求生意志永远能够激发人的本能，仓促间，我飞快地伸手抓住了天台的边缘，同学们的尖叫声此起彼伏。

　　"救我！"我咬着牙喊道，扒着天台的手因为用力而在发抖。

　　时间像是被拉长了，我不知道自己在天台边挂了多久，也许才过了几秒，也许过了几分钟，我的力气快要耗尽了，手似乎再也没有力气了，心里不由自主地浮上了一丝绝望的情绪。

　　然而就在这时，一只手牢牢地抓住了我的手，耳边响起更加激烈的惊叫声。

　　我抬起头朝上看，映入眼帘的是顾言汐那张苍白的脸。

　　"抓住我的手！"他低喝一声，伸出另一只手抓住我的手臂。

　　我看到他苍白的脸上很快浮起一层红晕，呼吸有些急促，他那个样子，像是随时有可能撑不住。

　　"你也会被我拉下去的！"我心里越发焦急，其他人都去哪里了？小辰呢，他应该听到了消息，为什么还不来救我呢！

　　"别说话！"他的额头上冒出细密的汗珠，抓着我的那只手始终不曾松开一分一毫。他深吸一口气，用力将我往上拉了一点。我眼疾手快地用另一只手抓住了天台边缘。我看到天台上站着很多人，但是他们像是被吓傻了一样，站在原地一动也不动。

　　而之前被欺负的那个女生站在原地不停地发抖，她低着头，整张脸都藏在头发的阴影里，像是害怕极了。

　　"快来帮忙！"我对着那群发愣的人喊了一声。

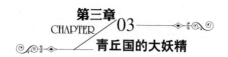

他们终于如梦初醒般回过神来，很多人跑过来，伸出手想要抓住我的手。

"别碰她！"然而就在这时，顾言汐大喝一声，同时腾出一只手拍掉了其他想要触碰我的手。

"喂！"我心急如焚。都这个时候了，他在干吗啊！

只见他漆黑的眼眸深处藏着一丝我看不懂的情绪，他此时已经满头大汗，却没有松手，像是使出了全身力气似的，用力将我拽了上来。

我和顾言汐都瘫坐在了天台上。我大口大口喘着气，心像是要从嗓子眼里跳出来一样。这里可是五楼，从天台上掉下去，后果不堪设想。

"小瑶！"人群外面传来一声关切的叫喊声，跟着我就看到小辰分开人群，飞快地朝我跑来，他吓得一脸惨白，锐利的目光从那三个女生脸上扫过，那几个本就吓傻了的女生纷纷打了个哆嗦。

"我没事啦。"我费力地挤出一个笑容安抚小辰。

小辰走到我身边，蹲下身，用力将我抱住了。我感觉到他在战栗，他显然也吓坏了。

"你看我这不是没事了吗？"我小声安抚他。

他不说话，只是这么抱着我。好久好久，他终于平静下来，松开我，将我上上下下打量了一遍，确定我确实没事，脸色这才缓和下来。

他看向顾言汐，顾言汐已经站了起来，他的脸色也已经好一些了。

"谢谢你救了她。"小辰将声音压得很低，只有我们三个人能听见，"这本是我的责任，下次一定不会让你代劳的。"

顾言汐愣了一下，忽然笑了起来。

我从未在他脸上看到过这种笑容，一瞬间竟然愣住了。

"不客气。"我听见他用极轻极淡的声音说。

我张了张嘴想要说点什么，但总觉得气氛有点奇怪。这时顾言汐已经转过身，大步离开了天台。

小辰将我从地上拉起来，正要带我走。

听到消息赶过来的老师将我和那三个女生，还有那个被欺负的女生一起带去了办公室。

写了一份检讨之后，老师终于让我回教室。因为我的出发点是帮助同学，所以老师并没有过多地责备我，那个推我的女生则被留下来谈话了。

那个被欺负的女生从头到尾都低着头，一句话也不说，她跟我一起走出办公楼，好一会儿才低低地对我说了声："谢谢。"

"不用谢，帮助同学是应该的。"我说，"以后要是有人欺负你，你可以进行反抗，如果一直沉默，会被欺负得更惨的。"

她的头垂得更低了。看到她这个样子，我不由得叹了一口气，心里有种恨铁不成钢的无力感，今天我帮她，那么改天呢，还会不会有人看不过去挺身而出帮她呢？

被欺负的人，如果不想着自救，是永远无法摆脱被欺负的命运的。

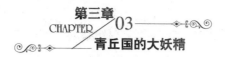

　　"我是夏雪瑶。"我放缓声音说，"要是需要帮助，就来二年级三班找我吧。"

　　她飞快地抬头看了我一眼，自我介绍道："我叫沈如芯。"

　　"沈如芯。"我下意识地念了一遍，不知道为什么，我总觉得这个名字像是在哪里听过。在哪里呢？我绞尽脑汁想了很久，却什么都没想起来。

　　"我能和你做朋友吗？"她漆黑的眼眸一动不动地盯着我。

　　她是个长得很好看的女生，只是因为一直低着头，加上厚厚的刘海儿挡住了眼睛，看上去有些阴沉。

　　她的模样给我一种熟悉感。

　　是在哪里见过呢？

　　"你看着很眼熟。"我忍不住将心里的想法说了出来，"我是不是在什么地方见过你啊？"

　　她只是静静地看着我。

　　这一瞬间，不知道是不是我的错觉，我好像看到她笑了一下，可是等我再仔细看的时候，她的表情明明没有变化。

　　"可能是我弄错了吧。"我摆了摆手说，"走吧，快上课了。"

　　"等一下！"她叫住了我，伸手抓住了我的袖子。

　　电光石火间，我的脑海里闪过一个支离破碎的画面，稍纵即逝，我并没有在意。

　　"嗯？"我不解地看着她，不知道她还有什么事。

　　"这个，送给你。"她伸出手来，手心有一个非常别致的小香

囊，一股淡淡的香气从香囊里传来，闻着让人有种很舒服的感觉。

"谢谢。"我接过香囊，随手揣进了口袋里。

03

回到教室的时候，顾言汐并不在座位上，并且整整一节课都没看到他。我身后的座位原本是空的，现在再次空出来，我竟然有些不习惯，上课的时候，总是下意识地回头看。

顾言汐怎么样了呢？他身体很不好，居然拼命地将我拉了上来，他现在一定感觉很累吧？

接下来的课我都听得心不在焉，一直分心在想顾言汐到底怎么样了，那个家伙难道不知道一声不吭地离开，会让人担心吗？

好不容易挨到放学，我拉着小辰说："我们去看看顾言汐吧，他身体那么不好，应该不能剧烈运动，他今天拽我上来，花了很大力气……"

"你很担心他吗？"小辰的脚步顿了顿，语气有些低沉。

"对啊。"我理所当然地回答，"虽然认识时间不长，但我已经将他当成我的朋友了啊。担心朋友，不是应该的吗？况且他还帮助了我。"

"你忘记之前因为他，你的额头受伤的事情了？"小辰抬起手摸了摸我的额头，那里的创可贴还没有撕掉。

"那是意外啦。"我说。

"小瑶，顾言汐和我们不是一个世界的人，他不可能和你成为朋友的。以后，离他远一点好吗？"小辰说话的时候，眼神很认真，语气很严肃。

"为什么？"我不能理解他的话，"为什么我和顾言汐不能成为朋友？"

"因为我不想再看到你受伤，不想再让你陷入危险。"他微微提高声音，眼神更加锐利了，"每次你有危险，都是在他身边发生的，昨天是这样，今天又是这样。"

"昨天是个意外，今天顾言汐是来救我的啊。"我辩驳道，"并不是每次遇到危险都是在他身边，再说，我这不是没事了吗？"

"可是我害怕！"他猛地抱住我，这是他今天第二次抱我，他很用力，像是害怕一松手，我就会消失一样，"我不怕你遭遇危险，我害怕你有危险我却不能去救你。"

我的心蓦地一紧，我是不是太任性了？

从小到大，每次不管闯出多大的祸，有小辰在就平安无事；无论遭遇什么危险，有小辰在就很安全。

是什么时候起，我将他的担心当成理所当然？我忘了他也会害怕，也会自责。

"不会的，小辰。"我轻声说，"对不起，让你担心了。我不会有事的，这些都只是意外而已，我保证我不会再多管闲事，也不会再让自己遭遇危险了。"

"离顾言汐远一点。"他低低地说，"答应我，小瑶，答应我离他远一点。"

"可是……"我还想再说什么，抬起头却看到了小辰担忧的眼神，就把那些话全都咽了下去，点点头说，"好吧，我答应你。"

他的目光里立即带了一丝笑意，他拎起我的书包，微笑着说："走吧，我们回家。"

"嗯，回家！"我跟了上去，心里却浮起一丝微妙的情绪。

顾言汐的脸在脑海里怎么都挥之不去。在天台上，他紧紧抓着我的手不肯松开的一幕，清晰地浮现在眼前。

为什么小辰会这么不喜欢我和顾言汐成为朋友呢？明明顾言汐救了我，不是吗？

回到家，做完作业，吃过晚饭，我泡了个澡就上了床，躺在床上，辗转反侧就是睡不着。我心里乱糟糟的，白天发生的事情翻来覆去地在脑海中浮现。

而心里更多的是担忧。小辰越不让我接近顾言汐，我就越担心顾言汐的状况。

其实只要让我知道他没事，我就会安心了吧。

如果他因为我，身体变得更糟糕，我一定会自责好久的。

就这么翻来覆去一直睁着眼睛到天亮，第二天我顶着一双大大的熊猫眼去了学校。

一进教室我就看向顾言汐的周围，那里仍然空着，今天顾言汐也没来上课。

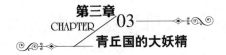

这种状况一直持续了一个星期，若不是洛凌经常跟我提起顾言汐，我都要怀疑我们班从来不曾有过这么一号人了。

他到底怎么了？

我问洛凌，可她也不知道顾言汐为什么不来上课。

随着时间的推移，我心里的不安和焦躁越来越强烈。

中午去食堂吃饭的时候，我看到沈如芯一个人坐在角落里，孤零零地吃着饭。我想起那天她问我，能不能和我成为朋友，心里一下子觉得有点难过。

我原本以为和一个人成为朋友是一件很容易的事，可事实并不是这样的。一看到沈如芯，我就想起了那天在天台上发生的事情，然后就会想到顾言汐，想到顾言汐，心里就越发烦躁不安。

我端着餐盘坐到沈如芯对面。

她飞快地抬起头看了一眼，见是我，眼睛一下子亮了起来。

"不是要和我成为朋友吗？"我说，"那就当我的朋友吧。"

她的表情一下子明朗起来，她一把抓住我的手，激动地问我："真的吗？我真的可以吗？"

"可以啊。"我的手被她抓得有点疼，她太激动，以至于不知道自己用了多大的力气握住我的手。

她的眼圈一下子红了，她说："谢谢，我一直没有朋友，你是我的第一个朋友。"

这么可怜啊！我的脑海中不由得浮现出一个画面，那是中秋节的夜晚，皎洁的月光下，我和顾言汐坐在一起，并肩看月亮。

顾言汐应该也是个寂寞的人吧，不然他怎么会在深夜独自弹奏那么忧伤的曲调呢？

"抱歉，我想起一件很重要的事情要办！"我站起来，对沈如芯说了一声，转身就朝外走。

端着餐盘的小辰正巧走过来，他抓住我的手臂，问我："吃午饭呢，你急匆匆做什么去？"

"我吃好了，我找洛凌有点事，你快去吃饭吧。"说完，我挣开小辰的手，头也不回地跑出了食堂。

刚刚我说谎了，我并不是去找洛凌，我只是忽然意识到自己还有一件事情没有做。

我欠顾言汐一句谢谢，可是小辰不希望我和他走得太近，所以我不得不撒谎，因为我不想伤害小辰，可我也不想继续无视自己的心情。

我想去确定顾言汐是否安好无恙，我想当面对他说声谢谢。

而冲动的我忘记了自己是个大路痴，出了学校，跑了很久我才意识到，我似乎又一次迷路了……

04

这是哪里啊？

看着眼前陌生的景色，我现在别提多后悔了。

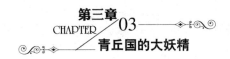
要是没有冲动地跑出来就好了，如果好好地和小辰沟通，让他带我去找顾言汐就好了。现在可好，周围的风景十分陌生，我连东西南北都分不清楚了。

站在川流不息的人潮中，我焦急不已。脸上忽然一凉，我伸手摸了一下，有什么东西在指尖融化了。

我抬起头看了一眼，原本晴朗的天空不知什么时候变得乌云密布，铅色的天空让人有种压抑感，一种悲凉感从心底浮现。而阴沉的天空居然飘起了纯白色的雪花。

才深秋，却下雪了。恍惚之间，我有一种似曾相识的感觉，好像在什么时候，我也曾看到过这样的雪。

我盯着雪花看了一会儿，收回视线的时候，却吓了一大跳，不知道什么时候，川流不息的人潮凭空消失了。

整个天地间只有林立的商铺，红绿灯不停地闪烁，斑马线白得刺眼，黑色的柏油路上什么都没有。

我倒吸一口气，本能地往后退了一步，人呢？

因为下雪，所以全都跑进建筑物里躲避了吗？

我站在斑马线上，犹豫着要不要进店铺看一看，可是脚下却仿佛生了根，我想抬腿往前走，却怎么也走不动。

而就在这时，一阵若有若无的香气传入鼻腔。这香味我闻到过，似乎沈如芯给我的那个香囊散发出来的就是这个味道。

刚想到沈如芯，我就看到不远处走来一个人。

她穿着一件纯白色的纱裙，裙摆很长，一直拖到地上，她有一头

长发，更有一张让我看呆了的脸。

倒不是因为那张脸很美，而是因为那张脸和沈如芯的一模一样！

"沈如芯？"我不确定地喊了一声。她长着和沈如芯一样的脸，可是除此之外，她和沈如芯没有一点相似的地方。眼前的这个奇怪的长发女人给人很强势的感觉，就像一把利剑般，而沈如芯则是一朵脆弱的小花。

"你不是沈如芯。"我喃喃地说了一声，"你是谁？你要做什么？"

"每次见，感觉都是初次见面啊。"她一步一步走到我面前，嘲讽似的冲我笑了笑，"啧啧，只是每次见你，你都比前一次更笨一些。"

"我听不懂你在说什么。"我皱着眉，想往后退一步。她离我太近了，近得让我有种压迫感。

"芷梨，你真是太狡猾了。"她伸手按住我的心口，"以为藏起来，我就找不到你了吗？"

我偏过头，身体僵硬得像木头，怎么都动不了。

这个人很危险，她给我一种不可靠近的感觉。

"你找芷梨做什么？"就在我快崩溃的时候，我听到了一个男人的声音。

我还没来得及朝声音传来的方向看去，就眼前一花，一团毛茸茸的东西从脸上扫过，那一瞬间我仿佛从噩梦中惊醒了一样，原本不能动弹的身体一下子恢复了自由。

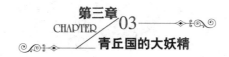

我连续往后倒退了好几步，直到后背抵在了路边的路灯杆上。

我下意识地伸手抓了一把，指尖传来软软的感觉，我瞪大眼睛看着被我抓在手里的东西。

那是一只通体雪白很像小猫的动物，它有一双银白色的眼睛，我感觉自己好像在什么地方见过它。

"狐狸吗？"我一松手，这小东西一下子就朝前跑去。

我的视线跟着它一路向前，它猛地向上跃起，落在了一个人的肩膀上，蓬松的大尾巴环住那个人的脖子，猛一看，就像是那人围了一条狐狸毛的围巾。

那是个穿着纯白色礼服的男人，他那双冰蓝色的眼眸正看着我，眼眸深处有一丝淡淡的笑意。

这又是谁？

我都要抓狂了，感觉自己就是个无辜的路人，无端地被卷入了一场奇怪的风波。

"你怎么在这里？"原本逼近我的那个女人脸色一下子变得很难看。

"因为你在这里啊。"男人笑起来非常温柔，嘴角的酒窝让他看上去更加秀气，"你在这里，我怎么能不在这里呢，如芯。"

如芯？

我心里一惊，这个女人真的叫如芯吗？

不只是长相一样，连名字也一样吗？

"你别多管闲事！"她狠狠地警告道。

"你不找芷梨的麻烦，我就不多管闲事。"男人非常淡定地说。

"你！"如芯气急了，她回头看了我一眼，我看到她似乎挣扎了一下，然后很不甘心地说，"如果不是那天芷梨偷袭我，你一定不是我的对手。"

"是吗？"那个男人笑着说，"要试试看吗？"

"你最好一天二十四小时看着她，否则一旦出现空隙……"她说到这里顿住了，并没有继续往下说。

我看到她一挥衣袖，卷起无数雪花。我下意识地捂住眼睛，再放下手的时候，发现那个踏着雪花而来的女人已经不见了。只有那个白衣男人还站在原地，从头到尾，他没有走哪怕一小步。

"你是谁？"我忍不住问他，"是你救了我吗？你们说的那个芷梨是什么人？"

他终于动了，一步一步朝我走来，最后在离我一米远的地方站定。

如此近距离地看他，我被他的美貌惊呆了，我从不知道一个男人可以好看到这个程度，他的模样，给我一种他不是人类的感觉。

"嗨，我们又见面了。"他冲我灿烂地笑了笑，"芷梨是谁不重要，重要的是你要记住你自己是谁。"

"我自己是谁？"我被他的话弄得一头雾水，"我是夏雪瑶啊。"

"记住，你是夏雪瑶。"他轻轻点了点头，像是对我的回答很满意，"无论什么时候，都不要迷惘。"

"可是……"眼前发生的这些事情，让我完全摸不着头脑，这要我如何不迷惘？

"那你是谁？"我压下心中的疑问，换了个问题。

"我啊……"他灿烂地笑了起来，摘下戴在头上的礼帽。

跟着，眼前白光一闪，原本站在我面前的男人忽然不见了。

不，并不是不见了！

我目瞪口呆地看着站在我面前的一只有着九条尾巴的白狐狸，刚刚那只小狐狸不知道去哪里了。

"我是青丘国来的大妖精哦。"狐狸的嘴边似乎带着笑意，它围着我转了一圈，柔软蓬松的尾巴扬起来，看上去漂亮极了。

我蹲下身，不可思议地看着眼前这只大狐狸，我是在白日做梦吗？

我看到了什么？我看到了一直狐狸在说话！

"青丘国的大妖精？"我下意识地反问了一句，"等等，《山海经》里记载了这个，你是青丘国的九尾狐？"

"是的。"它点了点头，白光一闪，他再次化作了优雅的白衣男人。

我亲眼看着他变身，这由不得我不信。

"我……我看到九尾狐了！"我说话都不利索了，"原来这个世界上真的有九尾狐啊！那刚刚那个叫如芯的，她是什么？"

"她啊。"他低笑道，"她原本是雪国的妖精。"

雪国的妖精？我想起她雪白的衣服，怪不得她是踏雪而来的。

"那你们说的那个芷梨，她是什么呢？"我追问道。

他愣了一下，看着我的目光似乎更加温和了一些。他犹豫了一下，最终还是告诉了我："芷梨，她本是青丘国的大妖精，后来去了雪国，成了雪国的大将军。"

雪国的大将军？

我的脑海里蓦地浮现出一个雕翎戎装、英姿飒爽的女子的身影来。

05

"不说这些了，这些本和你没什么关系。"他想了想，又说，"你想去哪里？我送你去。"

"我想去顾言汐家，哦，你不认识顾言汐。"我说，"要不你送我回家吧，我好像迷路了。"

"来。"他朝我伸出一只手。

我怔怔地握住他的手。

雪还在下，周围的商铺屋顶都白了，大街上一个人都没有，整个世界被雪遮盖，仿佛变成了童话里描写的梦幻王国。

"你还没告诉我，你叫什么名字呢？"我看着他的侧脸，轻声问。

"你不需要知道。"他浅笑着说。

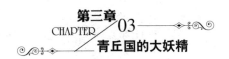

"怎么会不需要呢，下次再见到你，我就知道你是谁了呀。"我不明白他的意思。

"嗯，那就下次见面再告诉你吧。"他说。

"好吧。"可能他不想让我知道他是谁吧，我暗暗猜测着。

他拉着我一路往前走，他的手心很暖和，跟在他身边，我的心情变得有点奇怪，很舒心，却又隐隐有一种淡淡的忧伤。

跟着他走了一会儿，不多时便停在了一栋奢华的别墅前，我认出这是顾言汐的家。

"你怎么知道顾言汐住在这里？"我怔住了，"你认识他？"

他对我笑了，忽然凑近我耳边轻声说："你一个人坐公交车，走了好久的路，好不容易才找到这里的。现在是下午两点半。"

"咦？"我不解地看着他，低头看了一下时间，"可是现在已经五点多了啊，刚刚在街上被那个叫如芯的耽搁了很久，你不记得了吗？"

"不，是下午两点半。"他的唇轻轻印在了我的额头上。

眼前的世界猛地变成黑色，只有他的声音回响在我耳边："现在是下午两点半，你一个人坐公交车，走了好久的路，好不容易才找到这里。因为中午很困，你在这里睡了个午觉，醒来的时候，是下午三点。"

思绪渐渐模糊，我想保持清醒，可是最终敌不过汹涌的睡意。

我是被闹钟铃声吵醒的，我揉了揉依旧有些沉重的眼皮，从床上

下来，环顾一圈，一时间有些分不清眼前是什么地方。

"夏小姐醒了吗？"管家的声音从门外传来，"少爷刚刚醒了。"

"哦，我马上来。"我应了一声，走进卫生间洗了把脸。

我这是睡糊涂了吗？这里是顾家的阁楼啊，我上次在这里住过一晚上。

我擦了擦脸，开门走了出去，管家还在外面等着，见我出来，便带着我往前走去。我看了一眼走廊上的时钟，指针显示现在是下午三点。

糟糕！睡过头了！我顿时有些懊恼，中午从学校跑出来，本来只是来确认一下顾言汐没事，顺便跟他说声谢谢就回学校的，可是来的时候，顾言汐在睡觉，管家告诉我他最近情况不太好，今天难得睡着了，我便没有打扰他。

我在客厅等他醒来，等着等着自己犯了困，于是管家就将我领去阁楼，让我睡午觉。

我记得我把手机闹钟设为两点钟，大概因为来的时候，走得太累以至于眼花，把时间设成了三点。

顾言汐半倚在床上，他的脸色像纸一样苍白，不用问也看得出他的状况很不好。

"顾言汐。"我喊了他一声，轻轻走了进去，"抱歉啊，这么久才来看你。"

他的语气淡淡的："我还以为你都不记得我了呢。"

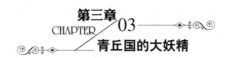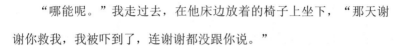

"哪能呢。"我走过去，在他床边放着的椅子上坐下，"那天谢谢你救我，我被吓到了，连谢谢都没跟你说。"

"不用谢，夏染辰不是已经跟我说过谢谢了吗？"他静静地看着我。

"那是他说的谢谢，我要亲口对你说声谢谢。"我认真地对他说，"毕竟我是我，他是他，关系再好，他也不能代表我。你身体怎么样了，很糟糕吗？对不起，都是因为我吧。"

"不是因为你。"他淡淡地说，"原本每年这个时候，我的病就会发作，拉你上来，只是让发作的时间提前了一点而已。"

"那还是因为我啊。"我不由得很内疚。

"别想太多，那种情况下，无论是谁都不会袖手旁观吧。"他不以为意地说。

我看着他的脸，却想起那时候别人要来拉我，他不让人碰我，执意要自己将我拉上来的画面。我想问他为什么，却不知道从何问起。

和顾言汐随便说了会儿话，我就起身告辞了。他需要休息，我不想过多打扰他。

我让管家将我送到最近的公交车站台，管家却直接让司机将我送回了家。

回到家的时候，小辰还没回来，现在还不到放学时间，我决定先洗个澡，然后等小辰回来做晚饭。我推开阳台的门去收衣服，却看到我的衬衫被风吹得掉到了窗户那边。那个地方，只有从小辰的房间才能过去。

　　我抱着衣服走回客厅，将衣服放在沙发上，推开小辰房间的门走了进去。我推开窗户将那件衣服捡了起来，转身的时候，不小心碰掉了小辰放在床头柜上的东西。

　　我蹲下身捡起来，那是小辰的笔记本，我摊开来看了一眼。

　　里面写着这么几行字——

　　九尾狐，上古神话中的瑞兽，生于青丘，能控制时空，随意穿梭于现在和过去，能让时间倒流，将发生过的事情抹去，能改变人类的记忆。

　　九尾狐？我不由得笑了起来，看不出来小辰还喜欢研究这些东西啊，我以为只有小孩子才会相信神话故事呢。

　　我捡起掉在地上的一本神话书，那是一本很古老的书，竟然还是用线装订的，书里夹着一张书签，我翻开那一页，首先映入眼帘的是一幅画。

　　画上是一只通体雪白，唯有眼睛是红色的，有着九条尾巴的狐狸，而一旁记载着关于九尾狐的资料。

　　小辰怎么会看这种东西？他最近都在想些什么啊？我合上那本书，叹了一口气。

　　怎么可能存在九尾狐呢，而且还能穿越时空，这完全是在胡说八道吧。要是真有九尾狐，真的有穿梭时空这种事情，为什么我没遇到过呢？

　　我将笔记本放回原处，拿着衬衫走出小辰的房间，反手关上了房门。

第四章

CHAPTER / 04

眼泪比钻石更沉重

白月光映照着她心里的忧伤。她叹了一口气，湛蓝的天空便布满云团。百灵鸟还在歌唱，爱丽丝跟她的兔子先生坠入梦乡，时间的指针嘀嗒嘀嗒，十六夜的蔷薇花开得正好。她乌黑的发丝，缠在谁的心上？

01

我原本还在纠结怎么跟小辰解释下午旷课的事情，但是小辰回来什么都没问，就像什么事情都没发生过一样。

吃过晚餐，我回了自己的房间。脱衣服的时候，一个东西从我身上掉了下来，我蹲下身，原来是沈如芯送给我的香囊。

我把香囊凑近鼻子闻了闻，香味很好闻，那是一种沁人心脾的淡香。

我抓着香囊爬上床，不知不觉陷入了梦乡，那香味在梦里都挥之不去。

梦里下了一场大雪，雪地里坐着一只通体雪白、很像小狗的动

物，它的身后拖着蓬松的尾巴，尾巴不止一条，我数了一下，竟然有九条。

我惊醒了，一摸额头，这才发现满是汗。都怪小辰，没事研究什么九尾狐，搞得我都做梦了。

现在才半夜，我却怎么也睡不着了，嘴巴很干，我很想喝水。我拧开床头的灯，披了一件衣服下了床，轻手轻脚打开房门，害怕吵醒住在隔壁的小辰。

我轻轻地走进客厅，然而漆黑的客厅里，我却看到了一抹光，是小辰忘记关书房的灯了吗？

我下意识地放轻脚步走过去，透过门缝朝里面看了一眼，只见小辰披着一件黑色棉衣坐在台灯下，书桌上放着很多书，他一本一本地翻找着什么东西。

他大半夜不睡觉，在书房做什么呢？

我好奇极了，轻轻推开门缓缓走了进去，走近了才发现，小辰书桌上堆着全都是神话故事书，还有一本已经被翻过很多次的《山海经》。

"小辰？"我轻轻喊了一声。

小辰浑身猛地一震，我看到他下意识地用手捂住了面前的笔记本。他抬起头看了我一眼，眼神分明很慌乱，却故作镇定地说："你半夜不睡觉，来这里做什么？"

"这话应该我问你才对吧。"我担忧地看着他，"这么晚了，你还在看书？"

"嗯，我需要查一点资料，你去睡觉吧。"小辰说。

"我也帮忙找吧，你要找什么资料？"我并不是那么好打发的，小辰明显有问题，我怀疑他是不是受了什么刺激，要不然怎么会大半夜不睡觉，在这里研究《山海经》？

"不用了，你去睡觉吧。"他将笔记本合上，显然是不打算让我帮忙。

"那好吧，我睡觉去了，你也早点休息，晚安。"我道了声晚安就从书房退了出来。

我回到房间关上门躺在床上，没多久就听到书房的门响了一声，大概小辰也从书房出来了。

有脚步声朝这边走来，我听到房门被人打开，接着我就听到了小辰的声音："睡了吗？小瑶。"

我屏住呼吸，没有回应他。

他站了一会儿，又将门关上了。

我这才松了一口气。说不清为什么，我总觉得自己和小辰之间出现了隔阂，明明小时候我们彼此没有秘密。

可是现在呢，很多时候我不知道小辰在想什么，就像我不明白他为什么不让我和顾言汐成为朋友。他说因为害怕我有危险，可是我和顾言汐成为朋友，能有什么危险呢？他一定是担心过头了吧，或者他觉得我太脆弱，脆弱到必须处在他的保护之下吧。

脑海中千思万绪缠绕着，不知道什么时候，我终于缓缓地进入梦乡。

梦里，我赤着脚走在荒芜的雪地上，偌大的天地间，只有我一个人。

我想回头，却回不了头，只能不停地往前走，从天黑走到了天亮。

第二天醒来，我筋疲力尽，每次做这个梦，我都像是真的走了一夜的路一样。

吃过早餐去学校，意外地看到了顾言汐，他的脸色比我昨天去看他时明显好了一些。我将书包放在桌子上，扭头看他："你来上课，没问题吗？"

他淡淡地瞥了我一眼，然后微微点了下头。

这在顾言汐来说，就是打了招呼了。

这人的性格还真是冷漠，真好奇他有没有特别聊得来的朋友。我想起中秋那天，我们一起看月亮那次，他的表情明明很温和，和现在的样子相差十万八千里。

下课的时候，我把凳子反过来，找顾言汐说话："顾言汐，你的身体真没问题了吗？昨天看你脸色还不太好。"

"我自己的身体，我当然知道。"他淡淡地答道。

"真是个不讨人喜欢的家伙。"我忍不住嘀咕了一句。

"嗯？"他瞟了我一眼，"你说什么？"

"没、没什么！"我转过身，将凳子反过来。不知怎的，我莫名地觉得一阵心虚，说人坏话被人抓个正着，简直太糟糕了。

中午，小辰来找我吃午饭。因为天气转冷，我们大多数时候中午

都在学校食堂吃饭。

"顾言汐，你去吃饭吗？"我一边合上书本，一边回头问了一句。

其实我也只是随口问的，因为顾言汐这样的大少爷怎么可能去学校食堂吃饭嘛。

"去啊。"想不到他却给了我不一样的答案，我一时间以为自己听错了。

"啊？"我忍不住回头再看了他一眼，"你说什么？"

"我说去啊，第一次在学校吃饭，不知道夏同学愿不愿意带路呢。"他坐在那里，似笑非笑地看着我。然后他移开视线，目光落在了站在窗外的小辰脸上。

我一时间分不清他是在问我，还是在问小辰。

我扭头看了小辰一眼，只见他用同样的表情看着顾言汐，一副皮笑肉不笑的样子，这让我下意识地打了个寒战。

这两个人怎么了？

"当然愿意了。"就在我想要开口的时候，小辰抢在我前面开了口。

"一起嘛，走啦。"气氛有些异常，我看了看小辰，又回头看了看顾言汐，总觉得这两个人怪怪的。

顾言汐站起来跟在我后面往外走。一路上，顾言汐走在我左边，小辰走在我右边，这两个家伙像是押犯人似的将我夹在中间，一路走过去，好多女生都用刀子一般的目光盯着我。

我浑身不自在，好在这时有个人走过来帮我解了围。

这个人就是沈如芯，她气喘吁吁地跑到我面前，怯怯地说："一起，一起吃饭吧，小瑶。"

"好啊，一起，人多热闹嘛！"我顿时松了一口气。

然而十五分钟后我意识到，我果然还是太天真了。

02

我艰难地吃了一口饭，然后再喝了一口汤，四个人的餐位无比安静。

不只是我们这里，以我坐的这张桌子为圆心，画一个半径五米的圆，整个范围内都是一片死寂。

周围坐满了女生，她们虽然装作在吃饭，但是每个人都用羡慕嫉妒的目光偷看着这边。而坐在一张桌子旁的沈如芯一直在打哆嗦，是的，她拿筷子的手都在抖，大概是没有被这么多的目光注视过。

顾言汐和小辰倒是都很淡定，但是这两个家伙一直以高深莫测的眼神互相打量对方。

气氛诡异极了，扒到嘴里的饭，我都不知道是什么滋味，嗯，有点火辣辣的……

火辣辣？

我低头看了一眼，只见我的筷子上正夹着一根尖尖的红辣椒！

嘴巴里像火烧一样难受极了，我连忙将吃进嘴里的辣椒吐出来。我一直不能吃太辣的东西，这下倒好，因为分心，直接啃了一口最辣的辣椒！

一时间，眼泪、鼻涕都流下来了。顾言汐递给我一块手帕，我抓过来就擦了擦眼泪、鼻涕。小辰去自助贩卖机那边买了一瓶冰水，拧开盖子递给我。我接过水瓶，"咕噜噜"喝了一大口水。

"辣死我了！我出去洗把脸！"

我一手抓着手帕，一手抓着水瓶，站起来就跑出了食堂。来到最近的洗手间，我拧开水龙头，用冷水漱了好几次口，那种烧灼感才稍微减退了些。

我趴在水池边深吸了一口气，感觉舒服多了。我抬起头看着镜子，本想看看我的嘴巴有没有肿起来，可是看向镜子的一瞬间，我吓得尖叫了一声。

"啊！"我尖叫的同时往边上让了一步，镜子里有个低着头、乌黑的头发全部遮住脸的女生站在那里。

"对，对不起。"一个受惊似的柔弱声音传来，"我不是故意的。"

"沈如芯？"我仔细看了一眼，竟然是沈如芯。不过想想也是，她一直都是低着头，很阴沉的样子。我刚刚有心事，加上被辣到了，心神不宁的，所以才被她吓到了。

"你吓死我了。"我拍了拍心口。

"对不起！"她说着，将头垂得更低了。

"没事没事。"我忽然意识到刚刚自己的反应可能伤害到了她，忙说，"我和你闹着玩呢，我没事，你别放在心上。"

"给你。"她低着头，把手里捏着一枚薄荷味的口香糖递给我，"吃了这个应该会好些。"

"谢谢。"我接过口香糖，塞进嘴里嚼了嚼，清凉的感觉顿时盈满口腔，那种烧灼感渐渐消散了。

"走吧，我们回去吧，你一定还没吃完饭吧。"我走上前牵起她的手，拉着她往外走。

她没说话，也没有挣扎，任由我拉着走回食堂。

只是回到食堂的时候，顾言汐和小辰都不在了，我的餐盘也被人收拾走了。

"要不要再买一份饭？"沈如芯小声问我。

"你吃饱了吗？"我问她。

她轻轻点了点头："我吃饱了。"

"那就算了，我去买个面包就行。"说着，我拉着沈如芯出了食堂。在学校的小超市里，我买了一袋面包，撕了封口，一边走一边吃。

"奇怪，那两个家伙去哪里了？"我一边走一边注意看行人，这一路走来都没看到小辰和顾言汐。

"对不起，我不知道。"沈如芯小声说。

我愣了一下，随即反应过来她在跟我说对不起，我想起和她几次接触，她好像特别喜欢说对不起。

"你别说对不起啊。"我被她弄得有些手足无措，我并没有要责怪她的意思，也就是随口念叨了一声。

"对不起！"她低着头，双手死死地握在一起，看得出她现在很紧张。

"你没有给任何人制造麻烦，所以不需要说对不起。"我伸手握住她的手，感觉到她在发抖，心里莫名地浮上一丝疼痛，这家伙平常是生活在什么样的环境中，才会变成这样的性格呢？

"不要害怕，没有人会伤害你，我们是朋友，不是吗？你再也不是一个人了，不管发生什么事，我都在这里。"我小声安慰她，"所以，在我面前，你不需要害怕，你其实是个很温柔很细心的女孩，没有给任何人带来麻烦。"

"真的吗？"她怔怔地看着我，一双漂亮的眼睛里蓄满了泪水，"谢谢你，小瑶，认识你真是太好了。"

"走吧，回去午休吧。"我牢牢握住她的手，拉着她一路往前走。

沈如芯的教室在我们隔壁的隔壁，我将她送去教室之后，这才回了自己的教室。

可是进教室之后，我发现顾言汐并不在教室里。奇怪，他不在教室里，会去哪里呢？

"洛凌，顾言汐回过教室吗？"我朝正看漫画书的洛凌问道。

洛凌见我回来，立即拽着我说："好啊，你什么时候和顾言汐那么要好了？你和顾言汐一起吃午饭，全校人都知道了……"

　　"你先回答我的问题，别的我回头再跟你说。"我打断她的话，问道。

　　"顾言汐好像没回来啊，怎么，他不是跟你吃饭去了吗？"洛凌困惑地看着我，"你把顾言汐弄丢了？"

　　"他又不是东西，怎么能弄丢？"我说着冲她摆摆手，转身走出教室。

　　顾言汐没回教室，那他去哪里了？

　　我抬腿就朝小辰的教室走，站在教室外面朝里面看了一圈，果然，小辰也不在。

　　这两个人去哪里了啊？他们之间的气氛有点不对劲，我得尽快找到他们才行。

　　只是这两个人会在什么地方呢？我无计可施，跑到楼顶居高临下看了一圈，也没看到他们的踪影。

　　不在外面，会在什么地方呢？

　　我决定把想到的地方都找一遍，跑下顶楼，再次去食堂找了一圈，里面没有人，食堂前面的礼堂里面也没有。

　　我来到图书馆外，找了一圈就只剩下这里没找过了。

　　我推开图书馆的门径直走了进去，从阅读室一路找到藏书室。我们学校图书馆很大，里面放了很多古书。

　　我顺着书架一排一排找过去，在心里默念着：这里要是再找不到，那我就回教室了。

　　最后一排书架也看过了，顾言汐和小辰仍然不见踪影，我叹了一

口气，转身打算离开，正在这时，眼角的余光瞥见左后方有一扇门，那是一扇铁门。

我走过去试着推了推，门缓缓打开了。

"顾言汐？小辰？"我试着喊了一声，里面似乎有动静。我走了进去，里面有点暗，还有一股霉味，我下意识地掩住了口鼻，而身后的铁门"哐当"一声关上了。

心猛地一阵狂跳，我飞快地转身，试图打开铁门。可是任凭我怎么用力，铁门就是纹丝不动。我试着大喊了一声，不大的黑漆漆的房间里回荡着我的声音。

我的心一下子沉到了谷底。

03

这应该是个不到十平方米的小房间，里面黑漆漆的，估计是间仓库。不过我在里面转了几圈，到处空荡荡的，里面像是什么都没有。

我试了很多种方法，可是那扇门怎么都打不开。我仔细回想了一下，我到这里来好像并没有人知道，而且这个时间，图书馆里根本没有人，那么这扇铁门到底是怎么关上的呢？

"拜托，快来个人吧。"我蹲在门边，刚刚喊了好一会儿，嗓子干得都要冒烟了，再也没力气叫唤了。

我不知道自己被关了多久，也不知道现在外面有没有天黑，我只

是觉得很饿，胃里空空的。

　　小辰他会发现我不见了吗？或者洛凌，要么顾言汐，无论是谁，快点发现我不见了吧。我一点都不想饿死在这个地方，一点都不想。

　　最近是怎么回事呢？总是遇到危险的事情，先是和顾言汐在一块儿的时候被人袭击，再是为了沈如芯差点从楼顶掉下去，现在又被困在了这种地方。

　　不过这么一想也很奇怪啊，认识顾言汐才不到一个月的时间，就接二连三遇到奇怪的事情，在遇到他之前，这么多年我都平安无事。

　　我想起小辰对我说过，让我不要靠近顾言汐。

　　小辰为什么要那么说？他最近让我觉得有点陌生，因为我已经无法看清楚他在想什么了。

　　而关于顾言汐，我为什么会对他的事情那么上心呢？

　　虽然我这个人挺自来熟，不过那也是有限度的，为什么明明小辰让我离顾言汐远点，我答应了他，却还会旷课去看顾言汐呢？

　　这么想着，我的脑子越发昏沉。

　　现在到底是什么时候了啊，我好困啊！

　　我用力拧了一下自己的胳膊，强迫自己打起精神来，继续东想西想转移注意力，不让自己睡过去。

　　我害怕睡过去了，就永远醒不来了。

　　我竖着耳朵注意听外面的动静，可是只有死一般的寂静，除了自己的心跳声和呼吸声，我什么都听不到。

　　这么半睡半醒的，过了好久好久，我感觉自己的身体已经不受自

己控制了，恍然有一种昏厥的感觉，眼睛也已经不太能睁开了，其实睁开和闭着本就没有多大区别，因为睁开眼睛看到的也只是黑暗。

谁来救救我啊！小辰、顾言汐，不管是谁，来救救我啊！

"唉……"一声极轻极浅的叹息自我的耳边传来，若不是四周太过安静，这声叹息我绝对不可能听见。

"谁？"我张了张嘴，听见自己沙哑的声音小得不能再小。

没办法，这已经是我能发出的最大的声音了。

"你最想见到谁呢？"那个声音压得很沉，但是可以听得出来是女人的声音。

我最想见谁？我费力地转动脑筋，我最想见谁？

有什么要紧的啊，无论是谁，无论是谁都好，只要将我从这里救出去……

"这个时候，谁能找到你呢？"她叹息似的问。

"小辰。"我无声地说。

只有小辰吧，从小到大，他都那么可靠。我们一起生活了这么多年，没有人比他更了解我，所以小辰一定会发现我在这里的，一定会的！

"你确定他能找到你吗？"那个声音毫无波澜，我听着却觉得有些悲凉。

"他一定会努力地找到我。"我不知道他能不能找到，可是他一定会拼命找我的。

我蓦地想起他和我说过的话，他说："小瑶，我不怕你遭遇危

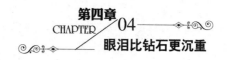

险，我害怕你危险的时候我无法救你。"

恐惧从心底升起。

假如他找不到我怎么办？假如他像上次一样来晚了怎么办？还会有另一个顾言汐抓住我，拼尽全力也要救我吗？

我心里忽然很慌，我怕自己会死在这个地方，然后腐朽，变成尘埃，永远不会有人发现我在这里。

"我在这里，小辰，我在这里！"我拼命想要清醒过来，可是我根本做不到，这种无能为力的感觉真的糟透了！

我甚至觉得这种什么都做不了只能默默等死的感觉，我曾在什么时候体会过。

我瞬间安静下来，努力回想。是在什么时候呢？不是天台那次，是比那一次更加绝望，那种不想死，那种谁都救不了我的心情，到底在什么时候体会过？

脑海中有个画面闪电般掠过，那是一片冰天雪地，殷红的血染红了纯白的雪。还有呢？还有什么？我还想抓住更多，可是除了这些，就只有一团迷雾似的混沌，那里什么都没有。

我试着去回忆一些事情，不知怎的，竟然回想起在顾家别墅外面第一次遇见顾言汐的情景。我有些不确定那是不是我第一次遇见顾言汐。现在想来，总感觉那不是我第一次遇见他，可是记忆不会骗人，而且是一个月以内的记忆，更加不可能出现偏差。

那么为什么我会有这种感觉呢？

感觉真是个奇妙的东西，有时候感觉要比记忆来得可靠。

那天我为什么会去顾家别墅？因为迷路了吗？也许并不是那样的。

黑暗和寂静真是一样好东西，它能让一切外在的干扰通通消失。

中秋节那天，那个笑起来很温和的顾言汐，为什么会和白天看到的顾言汐有那么大的差别，那个样子的顾言汐，只在中秋的夜晚出现过，后来，直至现在，他都给人一种有点骄傲、有点冷漠，总是从容淡定的感觉。

将全部回忆连贯起来想了一遍，我忽然发现中秋那晚我遇到的顾言汐很奇怪。

脑袋越发昏沉，大概是我刚刚想得太多，以至于用脑过度了。

我决定停止思考，眼下要想的是如何从这个地方出去。

我用力深吸一口气，想让自己混沌的脑袋清醒一些。

"人呢？"刚刚和我说话的人呢？

不对！

我的身体猛地僵住了，开始觉得恐怖。这里是一个狭窄密闭的空间，我确认过很多遍，这里什么都没有，既然什么都没有，又怎么会有人和我说话？如果没有人，那么和我说话的到底是什么东西啊？

04

这一惊吓，我顿时清醒了一些，可是这清醒也只维持了一小会儿，我再次陷入混沌的状态，我感觉自己连呼吸都变得很微弱。

到底过了多久？

为什么还没有人找到这里来？

小辰，为什么还没来救我？

我的呼吸越来越微弱，意识开始涣散。

我真的要死在这里了吗？

"咔嗒——"

终于，在就要彻底失去意识的那一瞬间，我听到了这个世界上最美妙的天籁之声。

那是铁门被人打开的声音。

有光照了进来，我感觉有人将我从冰冷的地面上拉起来，拉进一个怀抱。那是一个很温暖的怀抱，那气息并不属于小辰，我使出全部力气将眼睛睁开了一条小小的缝隙。

映入眼帘的是一张因为常年卧病而苍白的脸，他的眼眸很黑，他的神色很担忧，那个像是泰山崩于眼前都不会皱一下眉头的少年，此时分明担忧极了，甚至从他的瞳孔深处，我看到了一丝害怕和焦急。

我想告诉他我没事，你找到我，我就没事了。

可是什么都没能说出口，我就陷入了沉睡。

不是小辰，找到我的不是小辰。

就像那天在楼顶抓住快要坠楼的我的人不是小辰一样，这一次在我濒临死亡之时，找到我，将我从死神手里夺回来的，依然不是小辰。

顾言汐，他第二次将我的生命握在了掌心。

像是经历了一段漫长的旅程，我在漆黑的世界里走了好久好久，看到一个穿着深蓝色衣服的女人，她是这漆黑世界里唯一的光亮，她往前走着，在我快要看不到她的时候，她又停了下来，可是等我快要追到她的时候，她又继续往前走去，像是等着我去追上她，像是故意引我向前走。

我不知道自己到底走了多久，漆黑无声的世界，没有任何景物让我参照，唯一能做的，就是跟着那个深蓝色的身影往前走。

终于，我的视野里出现了除了那深蓝色之外的光芒，我下意识地奔跑起来，而就在那光芒越来越亮的时候，那团深蓝色的光却开始消失。

"别走！"我惊叫一声，同时伸手在空中抓了一把。

然而我什么都没有抓到，接着我冰冷的指尖触碰到温暖的手心，跟着我感觉到一双温暖的手紧紧地握住了我的手。

我一下子清醒过来，茫然地看着前方，好久好久，我才慢慢地拉回思绪，我转动眼珠，看到握着我手腕的是一只干净修长的手，我顺着手臂一路看过去，目光最终落在了一个人的脸上。

"顾言汐？"我愣了一下，一时间有些反应不过来，不明白为什么他会在这里。

我环顾了一下四周，忽然意识到我应该奇怪的不是为什么顾言汐会在这里，而是我为什么会在这里。

这是顾家别墅的阁楼。

"我怎么在这里？"我记得我去找顾言汐和小辰，后来……

对了！后来我被关进一个小黑屋里，在感觉自己快死的时候，有人救了我。我当时费劲全部力气，睁开眼睛看到的就是顾言汐。

"你救了我。"我一下子从床上爬起来，扑过去用力抱了他一下，"你简直就是我的再生父母，你是我的救命恩人啊，而且你还救了我两次！"

"嗯，只是碰巧而已。"他干咳两声，像是有些不自在。

啧啧，真是个不坦率的家伙，明明我记得当时他的表情很焦急很担忧。

"反正谢谢你了。"我松了一口气，走到窗户边，这才发现此刻是晚上。

"对了，小辰呢？"我忽然想起来，小辰知不知道我在这里啊？他会不会还在到处找我？

顾言汐目光一闪，我感觉他似乎有点不高兴。他淡淡地说："我怎么知道他在哪里。"

"糟糕，我睡了多久了？"我心里有些着急，也不知道自己到底在那个房间里关了多久才被顾言汐救出来，我也不知道自己昏昏沉沉地睡了多久，要是小辰不知道我的情况，该多着急啊。

"不知道。"顾言汐的表情虽然没有变，但是我感觉他似乎生气了。我不知道他为什么忽然生气，不过眼下我更加关心小辰会不会着急。我穿上鞋，拧开门把手跑了出去。

　　"夏小姐，你要去哪里？"永远神出鬼没的管家突然钻出来，拦在了我面前。

　　"我要回家。"我焦急地说。

　　管家愣了一下说："可是现在已经深夜两点了，夏小姐要回去，我建议等天亮了再走。"

　　"已经这么晚了吗？"我原以为现在顶多八九点，还能坐公交车回家，没想到已经这么晚了，"那今天星期几？"

　　"今天星期五，哦，过了凌晨，现在是星期六了。"管家微笑着说。

　　星期六了！我被锁进小黑屋那天是星期三，连那天算在内，竟然过去整整三天了！

　　怪不得我会饿到神志不清，怪不得我觉得那个小黑屋里的空气会变得稀薄。

　　"夏小姐回去休息吧，你现在回家，家里也没人在的。"管家说。

　　"没人？有人啊，小辰在家啊。"我一头雾水地说。

　　管家笑了笑说："你说的小辰，他也在这里，现在已经休息了。"

　　"你是说小辰也在这里？他知道我没事了？"我瞪大眼睛，不可思议地看着管家。

　　管家点点头说："是的，今天早上少爷带你回来时，小辰是跟他一起过来的。"

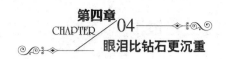

　　我顿时松了一口气，和管家道了声晚安，重新回了阁楼。顾言汐还坐在那里，甚至姿势都没有变一下。

　　"小辰就在这里，你怎么不告诉我？"我不解地问道，"害得我白担心一场。"

　　"是你在让别人担心，而不是你去担心别人吧。"顾言汐凉凉地说，"小辰小辰，他就那么重要吗？明明自己才捡回一条小命，刚一清醒，你想到的就只有一个夏染辰吗？"

　　"可是……"我想说点什么，却被他打断了，"应该是他担心你！无法保护好妹妹的哥哥，算什么哥哥！"

　　"喂！你到底在发什么脾气啊！"我被他最后一句话惹恼了，"会出现这种意外，又不是小辰的错，他肯定也在找我，肯定也很着急啊！我想第一时间让他知道我没事，我平安了，有什么不对？"

　　"那你有没有想过，除了他，还有人也会着急。"他说着站起身，径直走出阁楼，反手"砰"的一声关上了门。

　　我盯着那扇门，关门声震得我脑袋发麻。

　　还有人也会着急？顾言汐说的不会是他自己吧？顾言汐，他该不会是……喜欢我吧？

05

　　不知道是因为睡够了，还是因为顾言汐的缘故，我怎么都睡不着

了，脑海中浮现的全是他生气的样子，还有他摔门而去的背影。

他是不是喜欢我啊？我绞尽脑汁地想，除了这个理由，我实在想不出别的解释了。可是这怎么可能呢？我们才认识多久啊，满打满算也不过一个月而已。这一个月里，我们见面的次数都数得过来，对彼此也不够了解，他怎么可能莫名其妙地喜欢上我呢？

一定是我想多了。

对，一定是这样！

我说服自己相信这个解释，但不知道为什么，心里却一直平静不下来，好像有一把火在烧我的心，让我口干舌燥，很不舒服。

我掀开被子下了床，推开门走了出去，顺着走廊一路往前走。我记得经过一个拐角处，再走一点就能看到一个大大的房间，那里放着一架钢琴，还有一排书架，中秋那天我睡不着，就是在那里看到弹钢琴的顾言汐的。

不过我现在并不是要找钢琴，我是要找水喝。

我没有进琴房，而是顺着记忆中的路线走向客厅。

好在这次没有迷路，我顺利地找到了客厅，我摸索着拧开一盏小灯，在灯亮起来的一瞬间，我吓了一大跳。

客厅里竟然坐着一个人，这个人不是别人，正是小辰，他见灯亮了，飞快地回过头来。那一瞬间，我看到一点晶亮的东西自他的眼角滑落。我错愕地看着他。

他琥珀色的眼眸湿漉漉的，他竟然在哭！

"小辰？"我轻轻喊了他一声，被他的样子惊得一时间不知道怎

么办才好，"你怎么了？我没事啊，我这不是没事了吗？"

他猛地朝我扑过来，用力将我抱住。这是他第二次这么用力地抱着我，上一次我差点从天台掉下去，他是真的被我吓到了，我心里满满都是歉意。

"对不起啊，让你担心了。"我把脑袋埋在他的臂弯里，声音有些闷闷的，"是意外啦，已经没事了。"

"哪里都找不到你。"他浑身止不住地颤抖，声音带着一丝哽咽，"我找了很多很多地方，可是哪里都没有，找不到你，我害怕极了。"

"因为那个地方太隐蔽了，小辰找不到我，不是小辰的错。"我安抚他，试图让他安心，"我命大，怎么可能轻易出事呢，对不对？"

"下次我一定会找到你的，无论你在哪里，我一定会找到你的。"他沉声说。

"嗯，我一直相信你啊。"我轻声说。

和小辰说了晚安，我回到阁楼，思绪越发混乱了。

小辰一直坐在客厅吗？他一个人在黑暗中坐了多久呢？从小到大，我从未见过他哭，记得有次不小心摔断了腿，我也没见他掉过一滴眼泪，可是现在我竟害得他这样担心我。

如果那时候我没有推开那扇铁门就好了，如果我没有走进去就好了。

有这么多的如果，可是偏偏最后我还是让他担心了。

辗转反侧，小辰那双琥珀色眼眸始终在眼前，挥之不去。

从小，是宋姨收养了无依无靠的我，她将原本属于小辰的爱，分了一半给我。小辰却从未在意过，用一整颗心全心全意地来对待我、爱护我。

有时候我总是在想，是不是我上辈子无意间做了什么大好事，以至于这么平凡的我这辈子能够遇到小辰。

我一直睁着眼睛看着窗户。

第一抹阳光照在窗子上的时候，白天彻底打败了黑暗，夜色剥离，晨曦归来。

我本想找顾言汐说声再见的，管家却告诉我顾言汐还没有起来，于是我和管家说了一声，就和小辰一起回家了。

今天是周六，不用上课。

我回到家后泡了个澡，换了一身衣服，坐在床上翻看着一本书。小辰则出去了。早上的蔬菜比较新鲜，家里的冰箱几乎空了，他应该是买菜去了。

"叮咚——"

门铃忽然响了起来。

我有些困惑，这个时候会是谁啊？难道是小辰？可是他有家里的钥匙啊，难道他出门忘记带钥匙了？

我怀着满腔疑惑，穿好拖鞋走了出去，来到大门口打开门，门外站着两个女生，一个是洛凌，还有一个是沈如芯。

"咦，你们怎么来了？快进来。"我连忙将她们两个拉进来，反手关上门。

我走进厨房，热了两杯牛奶端到茶几上："现在还早，今天是周末，亏你们起得来。"

"这不是担心你嘛。"洛凌白了我一眼，"人家沈如芯一大早给我打电话，问我你家住哪里，我想来看看你这家伙是不是还活着，就一起来了。"

"如芯，你怎么有洛凌家的电话号码啊？"我随口问了一句。

沈如芯低着头，听我这么问，她飞快地抬起头看了我一眼，说："我和洛凌以前是校友，毕业的时候，写过同学录。"

"原来是这样。"

"你没事了吧？你不知道你不见了，顾言汐拽着我问你去哪儿了，那样子像是要杀人。"洛凌说到这里，猛地打了个哆嗦，像是现在想起顾言汐的眼神，还觉得胆寒似的。

我笑着说："你怎么说的？"

"我就告诉他，你去找他了。"洛凌理所当然地说，"然后他就跑出教室找你去了。小瑶，你还没告诉我，你和顾言汐到底是怎么好上的呢。你不知道吧，现在你已经成为全校女生的头号公敌了。"

"不会吧！"我哀号一声，"什么好上不好上的，我们就是普通朋友。"

"不过我想起一件事，那天顾言汐转来我们班的时候，你激动得站起来了，你还记不记得？"洛凌问我，"你是不是在顾言汐转校之

前就和他认识啊？"

"也算是认识吧。"我想了想，回答道。

"好哇，你竟然不告诉我！"洛凌笑着轻轻捶了我一下，"难怪他会这么担心你了。"

"朋友之间互相担心也是正常的。"我不以为意地说。

"可是我觉得……顾言汐那个样子，不只是拿你当朋友。"洛凌皱着眉头，有些迟疑地说。

"嗯，比起朋友，倒更像是喜欢你。"这时候，进门之后只说了一两句话的沈如芯语不惊人死不休地说。

我愣住了，一起愣住的还有洛凌，我和她近乎异口同声地说："不可能的啦！"

是啊，不可能的，顾言汐那样的人会喜欢我什么呢？这一定是不可能的事情。

"为什么不可能呢？"沈如芯的一双眼睛很亮，她平静地看着我，可是我感觉她的目光笔直地看进了我的心底。

为什么不可能呢？她仿佛对着我的灵魂，轻声地问。

是啊，为什么不可能呢？

我不知道为什么会下意识地否认，但是潜意识里，我在这么告诉自己，顾言汐不可能喜欢我，而我，也不喜欢顾言汐。

我不知道为什么自己会这么笃定，就像是有个人很早之前在我的内心深处，用锋利的刀子刻下了这句话。

第五章

CHAPTER / 05

春花尽头是故乡

谁提了一盏灯，在永夜徐徐前行？她找不到他刻下的归期，在塞纳河畔等了很多年。春去秋来，琼花谢尽，而他变不成你掌心的朱砂。别让他孤独远行，在你笑里泪间，请握住他游荡的影。

01

我，夏雪瑶，一个普通女生，从未想到有一天，会绞尽脑汁去思考一个问题。

洛凌和沈如芯并没有久留，她们在小辰回来之前就离开了，留下我一个人坐在窗户边发呆。沈如芯的问题一直在脑海里挥之不去，像是我得不出一个答案，就不会消停一般。

莫名的焦躁感萦绕在心头挥之不去，我有些坐立难安。

不多时，小辰终于回来了，他提着一大堆新鲜蔬菜进了厨房，我却仍双手环抱着膝盖闷闷不乐地坐在沙发上。

"怎么了？"他将东西放好之后，从厨房里走出来，见我一副心事重重的样子，便走过来在我身边坐下，轻声询问道。

我摇了摇头，不想说话，心情无端变得很低落，有种怅然若失的感觉涌上心头。

最近的我有点奇怪，总是对发生的事情有一种强烈的熟悉感，像是经历的事情都是发生过很多遍的，而我只是在不断地重复这些事情而已。

"身体还是不舒服吗？"他关切地问。

我再次摇摇头，忍不住问道："小辰，喜欢一个人是什么样的感觉？"

我感觉坐在我身边的小辰身体僵了一下，他掩饰什么似的笑了一下："为什么会问这个问题，小瑶你有喜欢的人了吗？"

有喜欢的人吗？不，不是的。

"小辰，你说顾言汐是不是喜欢我？"我盯着小辰的眼睛，缓缓地问。

小辰怔住了，我捕捉到了他目光里一闪而逝的慌张。他沉默了很久很久，我静静地等他说话。终于，他张嘴对我说："人生有一个最大的错觉就是，他喜欢我。"

错觉吗？顾言汐喜欢我这种事，只是我的错觉吗？

我松了一口气，失落却在心底弥漫。

为什么会觉得失落呢？顾言汐不喜欢我这个答案，为什么会让我这么失落，甚至有些怅然若失？难道说……难道说我纠结的问题不是他喜不喜欢我，而是我喜不喜欢他？

我被脑海中忽然跳出来的这个问题吓了一跳，我觉得自己一定是被关在小黑屋里太久，变傻了，否则怎么会想到这么奇怪的问题啊！

"小瑶。"小辰轻轻按住了我的肩膀，他说，"我们回去一趟

吧，我们很久都没有回去了。"

"好啊。"我飞快地点了点头。

我想我需要冷静一下。

吃过午饭，我和小辰就关好门窗，坐公交车去了车站。

宋姨的家在一个比较偏僻的山村，到那里的车每天只有一班，不过也因为是小地方，所以每次车上都只有零星几个人而已。我们的车是下午两点半出发的，我们在车站等了一会儿，车终于来了。

上了车之后我才发现，今天这班车竟然只有我和小辰两个人。

"睡一会儿吧，到了我喊你。"小辰柔声对我说。

我点点头，拿出U型枕套在脖子上。

车子从市中心开过，在路过一个十字落口的时候，我的脑海里似乎有什么熟悉的东西一闪而过。我下意识地探身朝窗外看去，那里人来人往，怎么看都只是一个普通的十字路口而已。

是错觉吧，嗯，一定也只是我的错觉而已！

我收回视线，在座位上坐好。渐渐地，眼皮开始发沉，我闭上眼睛，不多时就迷迷糊糊地睡着了。

迷糊间，似乎有人拍了拍我的肩膀，我睁开眼睛，发现自己竟然站在人来人往的大街上。

就是刚刚那个十字路口，我记得那个路口站着一个拿着氢气球的花脸小丑。

我不是应该在去宋姨家的大巴车上吗？我记得自己睡着了，然后呢？然后好像有人叫醒了我。不，不对，叫醒我，我现在也应该是在大巴车上，不会忽然跑到这里来的。

难道我还在做梦吗？

我用力捏了一下自己的脸，原本以为不会疼的，这一捏却疼得我龇牙咧嘴，眼泪都要下来了。

不是梦，梦里应该不会感觉到疼。

我往前走了几步，十字路口的电子屏幕正在播放德芙巧克力的广告，屏幕右上方有一口圆形大钟，显示现在是下午一点半。

我隐隐觉得不对，我和小辰坐的那班车是两点半发车的，怎么回事？

我忽然混乱了，分不清现在是真实的，还是和小辰坐上大巴回老家才是真实的，因为这两个世界无法重合起来，时间完全对不上！

就在我纠结时间问题时，另一件让我更加恐惧的事情发生了。有个阿姨拿着报纸从我身边路过，我不知道自己的视力为什么这么好，好到轻而易举地看到了报纸上的日期——农历八月十五，中秋节。

我连忙追上去，拉住那个阿姨问："阿姨，这是今天的报纸吗？今天是八月十五？"

"是啊，小姑娘，今天是中秋节，要回家和家人团聚哦。"阿姨笑着说，然后拿着报纸从我面前走开了。

今天是八月十五？

不、不对，今天怎么会是八月十五呢？今天离八月十五起码过去了一个月！

这是怎么回事？

我为什么会在这里？

我陷入了恐慌，喃喃念叨着："别开玩笑了，快让我醒来吧，这

一定是个梦，这一定只是个梦。"

"不是梦哦。"忽然有人凑到我耳边说了这么一句话。

我心头大震，吓得惊叫起来，狼狈地往后退了两步。仓促之间，我的脚似乎绊到了什么东西。我低头一看，那是一只通体雪白的狐狸，它有一双银白色的眼睛，看着我的时候，像在微笑。

"小心，别摔倒了啊。"刚刚出现在我耳边的声音再一次响起，跟着一只手牢牢地抓住了我的手臂。

我回过头，看到了一双冰蓝色的眼眸。

站在我面前的是一个十分漂亮的男人，他的皮肤非常白，冰蓝色的眼眸让人一眼就看出他不是人类，因为人类不会有那样一双纯粹剔透得像是最干净的水晶做成的眼睛。

他穿着一身雪白的礼服，头上戴着一顶白色的礼帽，浑身纤尘不染，像是从冰雪世界走出来的雪国妖精一样。

02

"你是谁？"我下意识地问，"你是妖精吗？"

他冲我友善地笑了笑，很坦率地说："我是青丘国的妖精，你叫我阿九就好。"

阿九？青丘国？

"你不会是九尾狐吧？"我的脑海里浮现出小辰记录在笔记本上的有关九尾狐的内容。

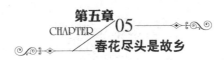

不会吧，这个世界上真的有九尾狐吗？

不过笔记本上记着九尾狐能够穿梭时空，能够更改人的记忆，我会出现在这个地方，会不会就是这个叫阿九的妖精干的，不然我怎么会莫名其妙地回到一个月前呢？

"猜对啦。"他笑了起来，露出一对尖尖的小虎牙，"你怕不怕？我是妖怪呢。"

"我不怕你。"面对这么漂亮的妖精，任何人都生不出惧怕的情绪吧，"是你将我带到这里来的吗？九尾狐有控制时空的能力，是这样吗？"

"看样子你知道得不少啊。"他有些意外，"不错，是我带你来这里的——或许这么说才正确，不是我带你来这里的，是我将时间逆转了一个月，让一切回到一个月前才对，你仔细想一想，一个月前的现在，你在哪里，在做什么？"

"一个月前的现在？"

我静下心来，仔细回想了一下，中秋节是个特别的日子，那天的事情，应该很容易记起来才对。

对了，那天是周六，小辰接到宋姨的电话回家了，我一觉睡过头，然后起来吃了早餐，再接着我想吃蛋挞，我以为只是买个蛋挞，应该不会迷路，就出了门，但是后来我迷路了。

"啊！"我想起来了，是了，我迷路了，在马路上走了很久，穿过了好多十字路口，下午一点半，我应该还在马路上到处走，我虽然不确定那时候我是不是在这里，不过我肯定是在大街上走动的。

"想起来了吧。"阿九的声音里带着笑意，"你迷路了，下午一

点半，你到了这个十字路口。"

"这个十字路口有什么问题吗？"我不太明白，"还有，为什么要带我到这里来，你认识我吗？"

"我当然认识你。"他的眼眸中闪过一丝奇怪的光芒，"而且认识你很多很多年了。"

"很多很多年是多久？"我不明白，"我才十八岁呢。"

"比十八年更久。"他说，"其实我也记不清自己是什么时候认识你的。"

"好吧，我就不纠结这个问题了，反正你说的我也听不懂。我就好奇一点，为什么要把时间拨回到一个月前呢？"我十分不明白这一点，他让我回到一个月前到底是因为什么。

"我想让你记起来。"他的表情忽然变得认真起来，"小瑶，我想让你想起一些事情，而要让你想起那些已经被覆盖的记忆，只有让你再经历一次曾经发生的事情。"

"被覆盖的记忆？"我抓住他话里的重点，"什么意思，从中秋节开始，那一个月里面，我忘记过什么重要的事情吗？被覆盖的记忆是怎么回事？"

"你既然知道九尾狐，那就应该知道九尾狐除了能够穿梭时空，还能更改人的记忆。但是，小瑶，你要记住一点，有时候记忆并不可靠，记忆会出错，但感觉是不会出错的。"

我猛地一惊。

记忆会出错，但是感觉不会出错？

在什么时候我也曾这么想过呢？

有时候感觉比记忆来得更加可靠。

我想起来了！是被关进小黑屋里的时候，我在黑暗中，在缺氧的状态下想到的。那时候黑暗中有个女人的声音在跟我说话，她说了什么呢……

"走吧，你该出发了。"阿九轻声说。

"我要去哪里？"我茫然地看着他。

"去找顾言汐啊。"阿九笑着说。

"可是我迷路了，而且我也不记得他家在哪儿啊。"一个月前，我是迷路之后嗅到香味，跟着那个味道才遇见顾言汐的，"而且按照时间算，我现在还不认识顾言汐呢。"

"走吧，我带你去。"他有些无奈地笑了笑，然后抬脚往前走去。

我连忙跟上去。

跟在阿九后面走了好长一段路，七拐八绕的，终于在我累得快要走不动的时候，顾家别墅出现在了视野里。

"谢谢你啊。"我回头看了一眼，却发现不知道什么时候，阿九竟然不见了。

妖精都是这样神出鬼没的吗？我默默地吐槽了一句。

我调整了一下心情，深呼吸了一下。不知道为什么，想到马上要见到顾言汐，我竟然有些紧张。

我往前走了几步，白色的木栅栏里面长满开得正盛的蔷薇花，按照我一个月前的记忆，顾言汐应该坐在别墅外面的藤椅上，然而当我的目光透过蔷薇花望进去的时候，却并没有看到顾言汐。

碧绿的草坪上空荡荡的，顾言汐并不在这里。

我愣了一下，这是怎么回事，这和记忆里的完全不一样啊，是我记错了吗？可是不应该啊，我到现在还能轻松地记起来，那天我应该是饿极了，猫着腰走进去，打算偷偷端一盘点心吃的，却被顾言汐抓了现场。

我记得他在抓住我之后，跟我说了一句话，他说："我是不是在哪里见过你。"

再接着是我被他家保镖扣留了，晚上的时候我睡不着觉，被钢琴声吸引，推开琴房的门，看到一个与白天冷漠的顾言汐完全不一样的顾言汐，我们还一起看月亮。这些细节，我全都记得清清楚楚。

我一头雾水、满心困惑地走了进去。别墅的门紧闭着，我试着敲了敲，却没有人回应我。

奇怪，顾家的人呢？陈管家和那个侍女呢？

我围着别墅绕了一圈，来到有落地窗的餐厅外。我透过窗户看进去，可以看到里面一尘不染，但是空荡荡的，根本没有人。

我继续围着别墅走，最后停在了别墅后面那个被废弃的小小的仓库边。

我听到里面有动静，放轻脚步走过去。仓库的门被锁上了，我凑过去，透过门缝朝里面看。

昏暗的仓库里面，只有透过门缝的阳光在里面映出一点亮光，而这一点光亮，足以让我看清里面的东西了。

我倒吸一口气，用力捂住自己的嘴巴，因为我害怕不这么做，我就会惊叫出声。

03

"顾言汐！"我强迫自己镇定下来，用力推了推门，可是仓库的门被铁链子锁着，我一时间竟然推不开。

"顾言汐，你听得到我说话吗？"我一边用力推门，一边压低声音喊道。

之前靠近门缝看进去，我看到了让我心颤的一幕。

顾言汐只穿了一件单薄的白衬衫，衬衫上面遍布伤痕，血染红了衬衫，而他的脸上也不知道是伤到了，还是染了别的地方的血，看上去非常可怖。而现在天已经很凉了，只穿这么一点衣服，就算没有受伤，这么一直靠坐在阴冷的角落里，身体也会吃不消的，而且他的身体本身就很虚弱。

"顾言汐，你等着，我想办法救你出来！"我环顾四周，试图找出工具将门打开，"你还清醒着吗？顾言汐，你听得到我说话，就回应我一声啊！"

"你是什么人？"顾言汐虚弱的声音传来。

我松了一口气，他还清醒着，这就好。

"我是夏雪瑶，不，这不是重点，重点是我来救你了。"目光瞥到旁边有把斧头，我急忙跑过去捡起来，"你让开一点，我现在把门砸开！"

"你很吵。"他有气无力地说，"你吵醒我了。"

　　"就是要吵醒你,你不能睡在那里,会冻坏的。"我说着,抢起斧头朝仓库门砸去,好在仓库门已经开始腐朽了,我一斧头下去,门板上就出现了一个洞。

　　阳光透过那个洞一下子照了进去,我听到顾言汐"啊"了一声,跟着我听到了一阵窸窸窣窣的声音。我顿时紧张起来,该不会是门板的碎屑伤到了他吧?

　　我拎着斧头凑近那个洞口,看到顾言汐抬着手臂挡着自己的眼睛。

　　"怎么了?我伤到你了吗?"我慌了神,"你没事吧?"

　　他把手缓缓放了下来。他似乎有些害怕光,大概是因为在黑暗中待得久了,突见阳光,一时间觉得刺眼。

　　他怔怔地看着我,他看得很仔细,像是要将我的样子仔仔细细地刻进脑海里一样。

　　"你没事吧?"我将手从洞口伸进去,拍了拍他的脸,"喂,听得到我说话吗?"

　　"我当然听得到。"他拍开我的手,有些别扭地偏过头去,说,"快开门,让我出去啊。"

　　"你等着。"我抽出手来,拿着斧头继续用力地砸门,不多时,仓库的门就被我砸了个稀巴烂。

　　我丢开斧头走进去,扶起坐在地上的顾言汐:"你怎么会受伤,谁打你了?管家呢,他去哪里了?还有你家那些保镖呢,都去哪里了?"

　　顾言汐的目光落在我脸上,一脸茫然地说:"你怎么知道我有管

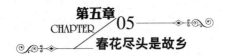

家，还有保镖，你到底是什么人？"

"我不是告诉你我是夏雪瑶了吗？你在将来会认识我，我是从未来世界来的，所以我知道你的事情。"我一本正经地胡说八道，我都不知道原来自己竟然有满嘴跑火车的潜质。

"未来世界？你当我是三岁小孩吗？"他明显不太好忽悠，"找借口麻烦找点靠谱的。"

"我没骗你。"我搜肠刮肚地寻找说辞，"我真的是从未来世界来的，不然我怎么知道你在这里，怎么知道你叫顾言汐？你看你之前也没见过我，对吧？"

他想了想，点了点头："但这不能证明你就是未来人，而且就算你是未来人，你又是我的什么人？你为什么要来救我。"

这家伙怎么变得这么啰唆啊，我忽然好怀念之前那个话不多，泰山崩于前也不眨眼的顾言汐，不过现在的他，倒是和中秋节晚上，我在琴房里看到的顾言汐是一样的性格。

"因为……因为我是你未来的爱人，将来你可喜欢我了，你明白了吧！我是从未来世界来的，来救你是因为你是我重要的人，明白了吗？"他一直看着我，让我很有压力，情急之下说了一个天大的谎言。

他怔住了，就这么一直看着我，那目光像是要笔直看进我的灵魂深处。

我心想完了，这么不靠谱的谎话，他绝对要识破了，我是不是应该和他说实话比较好呢？虽然说实话听来更加像是天方夜谭，因为九尾狐好像比未来人更不靠谱。

他看了我好久好久，就在我以为他要狠狠地戳穿我的谎言时，他却别扭地转过头去，脸上浮上一丝可疑的红晕。

我心里"咯噔"一下，不是吧，这个比未来人更不靠谱的谎话，他竟然相信了？

"夏雪瑶是吗？"他轻轻嘀咕了一声，"原来我将来的爱人，竟然是这个样子的啊。"

"喂，你有什么不满意的吗？"我发现自己竟然有些心慌，为了掩饰，我说，"我就是这个样子的，你不满意可以不喜欢我啊。"

"哼，未来的我，眼光可真差。"他似笑非笑地说。

要不是看他伤得不轻，我真想一拳挥过去，这人怎么这么没口德呢，怎么说我刚刚都救了他吧。

"你还没回答我的问题呢。管家呢？你的保镖呢？还有你怎么会受伤，还被关在这个仓库里面？"我趁他没有继续追问，连忙转移话题，反正等有机会我再慢慢跟他解释我为什么会在这里。

顾言汐的表情蓦地一冷，我感觉周围的温度似乎立刻下降了十摄氏度。啧啧，果然顾言汐还是顾言汐，骨子里透出来的冷意是不会改变的。

他伤得不轻，不过好在都是皮外伤，没有伤筋动骨。他带着我回到别墅那边，将刚刚我用来砸门的斧头拿在手上，走到落地窗前用力砸了下去，"哐当"一下，一整块玻璃瞬间碎成无数碎片，散落一地。

他握着斧头带着我走进别墅，最后在别墅的一个房间里找到了还在昏睡的管家以及众保镖。

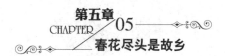

"怎么会这样？"顾言汐到底惹了什么人，竟然能够让这些人毫发无伤地昏睡在这里，这到底是怎么做到的？

"有一个奇怪的女人忽然闯进来。"顾言汐回忆道，"是三天前，她跑来找一个叫芷梨的人，我说这里没有叫芷梨的，她不信，我让她离开，她忽然很生气。"

"芷梨？"我总觉得这个名字有点耳熟，似乎在什么地方听过，"所以是那个找芷梨的女人把你打成这样的？"

一股无名火在心底烧起来，太过分了，竟然敢伤害我的朋友，简直不能原谅！

"别让我遇到她，遇到她我一定狠狠揍她。"我握着拳，咬牙切齿地说。

"喂，你的样子很狰狞。"顾言汐忍不住笑着说，"看上去就像个母夜叉。"

"你才是母夜叉！"我怒了，双手叉腰喝道，"有你这么形容救命恩人的吗？"

"我怎么不知道我还有个救命恩人啊？"他毫不在意地看着我说。

"你这么快就失忆了吗？刚刚我从仓库里救出来的是鬼吗？"这人真是……

他不理我，走到管家身边，查看了一下，发现管家并没有受伤，神色顿时变得轻松起来。

"你应该处理一下伤口吧，要去医院吗？"他浑身都是伤，我有些不放心。

　　"不用去医院，管家还没醒，你来帮我清理伤口吧。"他说。

　　"啊？"我被他这句话吓到了，正想说什么，他已经转身走开了。

　　我在客厅坐了一会儿，他很快出来了，已经洗过澡，身上裹着浴袍，头发还在滴着水。

　　"喂，你不会真要我帮你包扎伤口吧？"

　　"反正你是我未来的爱人，帮我包扎伤口又有什么问题？"他斜眼看我，眼神里带着一丝挑衅。

　　"包扎就包扎！"

　　我拿着沾了碘酒的棉签帮他擦拭后背的伤口，我发现他后背上有一些伤疤，因为时间太久，已经开始变淡了。顾家的大少爷怎么会弄得一身伤呢？

　　我将这个疑问咽下肚，发现自己有点紧张，手都在轻轻颤抖。他脱掉了上衣，因为生病的缘故，身形清瘦修长，让我脸红心跳，眼睛完全不知道该往哪里看。

　　好不容易包扎好了，我大大地松了一口气，与此同时，我听到顾言汐也松了一口气，看样子刚刚紧张的人不止我一个啊。

04

　　管家是在傍晚的时候醒来的，他对我表达了十二分的谢意，非常热情地留我做客。

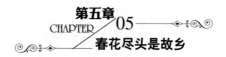
我想着那个奇怪的女人也许会出现，所以答应了管家的邀请。睡到半夜，我听到了一阵钢琴声，应该是顾言汐在弹钢琴。

我下了床，顺着走廊往前走，我知道琴房就在前面拐角处的第一个房间。

我推开门，果然是记忆里的琴房。正是半夜，落地窗开着，半透明的纱幔被风吹得卷起来。顾言汐藏在纱幔后面。

今天是中秋节，窗外的月亮圆圆的，是全家人团圆的日子。

"大半夜不睡觉，你来这里做什么？"顾言汐手没停，他一心二用，一边弹琴一边跟我说话。

"睡不着觉，听到你弹钢琴就过来了。你有心事吗？曲子有种忧伤的感觉。"我走过去，在他身边坐下，"今天是中秋节，你怎么一个人过啊？"

"怎么是一个人呢？你在这里啊。"他轻声说。

不知道是琴声太美，还是他的声音太轻柔，交织在一起，竟然有一种蛊惑人心的力量，他说"你在这里啊"的一瞬间，我感觉自己的心像是被羽毛轻轻地拂过一般，有种又暖又麻的感觉从心底浮上来。

我曾经一直在想，喜欢一个人究竟是什么样的感觉，到底要怎样才算是喜欢上了一个人？我以为要一起经历一些惊心动魄的事情，可我没有想过原来有时候，一句话，一个表情，甚至是一个动作，都可以让人轻而易举地喜欢上一个人。

喜欢总是很简单，相守总是太艰难。

脑海里蓦地浮现这么一句话来。

"我以为今年中秋节还是我一个人过。"他的声音很低很低，那

轻微的颤动，仿佛与我的心跳形成了共鸣，"你挑这一天来到这里，是为了陪我过最后一个中秋节吗？"

最后一个中秋节？

他将脑袋搁在我的肩膀上，他的呼吸近在咫尺，他说："如果你真的是未来人那该多好，如果我可以活很久很久，那样就能在未来遇见你了，未来喜欢的人是你这个家伙，似乎也不坏。"

"你当然可以活很久啊。"我知道他身体不好，但是我不知道不好到了什么程度，"你到底得了什么病？"

他抬手指了指自己的胸口，轻声说："这里，医生说我的心脏有问题，我活不过十九岁。"

"他骗你的！"我抢着说，"那个医生骗你的，你不但可以活到十九岁，还有二十九，三十九，一直到九十九都好好的。我是从未来世界来的人，你要相信我的话。"

"嗯，如果是你……"他的声音戛然而止。

我低头看了一眼，原来他睡着了。

"真是的，难得的中秋节，还指望你陪我看会儿月亮呢。"我仰头看向窗外。

风卷着纱幔，一丝凉爽的东西落在我的脸上，我愣了一下，皎洁的月光里，有白色的东西纷飞而来。

那是什么？

我很快就知道那是什么东西了。

那是雪花，在中秋节，桂花飘香的时节，天空居然飘雪了。

接着我就看到一个人踏着纷飞的雪花缓缓朝这边来了。

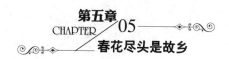

我心中警铃大作，这个女人会不会就是顾言汐说的那个奇怪的女人？

近了，更近了，近到我可以看清她的脸了。

"咦？"我十分惊讶地看着眼前这个越走越近的女人，"沈如芯？"

我惊呼出声，这个女人的脸和沈如芯的脸一模一样！不过也有区别，相比懦弱胆小的沈如芯，这个女人看上去十分霸道，而且也成熟很多，她就像是长大了的沈如芯！

这是怎么回事？袭击顾言汐的人，就是沈如芯吗？

"呵，你还记得我啊，芷梨。"她在落地窗外站定。

风卷着雪花和她宽大的裙摆一同扫过我的脸，有点疼。

"芷梨？你糊涂了啊，我是夏雪瑶。"我想起之前顾言汐说，那个女人跑来问她芷梨的下落，看样子她就是那个袭击顾言汐的女人。

"糊涂的不是我，是你，你连自己是谁都忘记了。"沈如芯冷眼看着我，"芷梨，你可真让我好找，我找你找了很久，好不容易才找到这里。"

"我虽然不知道你说的芷梨是谁，不过你为什么知道芷梨在这里？"我记得顾言汐告诉过我，这个女人是三天前来的这里，可是顾言汐说他根本不认识什么芷梨，那她怎么知道，找到了顾言汐，就能找到芷梨呢？

"因为我发现顾言汐的身上有你留下的记号，他对你而言，一定是特别的。"她冷冷地说道，"看样子，我猜得不错。"

"什么记号？"我追问道。

"别想转移话题，芷梨，现在的你根本不是我的对手，你把东西给我，我保证离你远远的。"她冷哼道，"你最好想清楚！"

"可是我不是你要找的芷梨，我也不知道你想要什么东西。"我看着眼前这个和沈如芯长得一模一样的女人，心里有些困惑，"你到底是谁？"

"我是你的老朋友啊，真伤心，你不是知道我叫如芯吗？"她似笑非笑地说，然后从外面走了进来。

"可是你和我认识的如芯，不是一个人。"虽然不知道这是怎么回事，但是我肯定她和那个沈如芯不是同一个人，虽然有一样的长相、一样的名字，可是她们给我的感觉完全不一样。

有时候，感觉比记忆更加可靠。

"所以你要找的芷梨，可能只是跟我长得一样，但绝对不会是我。"我不是什么芷梨，我是夏雪瑶。

"没关系，我有时间跟你慢慢耗。"她说着，忽然伸手揪住我的衣领，将我狠狠抛了出去。我的后背砸在墙壁上，肚子里翻江倒海，像是五脏六腑都撞得移位了。

"说话就说话，你动手做什么！"我很恼火，可我更恼的是我竟然一点反抗的余地都没有！

在面对压倒性的力量压制时，我就像是一只弱小的蚂蚁一样，毫无还手之力。

"因为你敬酒不吃吃罚酒，把钥匙给我，我就不打你了。"她在我面前蹲下身，一把揪住我的衣领，她的脸近在咫尺，我从她的眼底看到了浓浓的怒气。

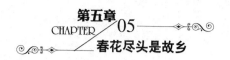

"钥匙？"我反问她，"你找芷梨，是想要一把钥匙？"

"没错，一把钥匙。"她给了我肯定的答案，"怎么样，有印象了吗？"

"放开她！"顾言汐的声音从如芯的背后传来。

我心里暗道一声不好，正想要顾言汐快点跑，如芯已经飞快地松开我，一瞬间就跑到了顾言汐的身后。

"你这个……"我又急又气，"你装死不好吗，为什么要清醒过来！"

"笨蛋，当然是要保护你啊。"他说得理所当然，可是他现在明明被如芯挟持着，但他的神态和语气一点也不慌张。他明明身陷危险之中，却从容不迫地说要保护我。

眼圈蓦地一热，心里堵得厉害，我说："笨死了，顾言汐你这个大笨蛋，真是笨死了！"

"是啊，不笨我怎么可能会喜欢你呢？"他面带笑容地说。

05

他的笑容还在嘴边没有消失，下一秒，他就像一只玩偶般，被狠狠地丢了出去。

像是有什么东西苏醒了，我躺在地上，看到了一个穿着深蓝色衣服的女子，我不知道她从哪里来，她就像是凭空出现在这里一样。

她回过头来看了我一眼，我发现她有一张跟我一模一样的脸，唯

一的区别大概就是她的额头上有一个红色的印记，她的眼珠是红色的，她的嘴唇与眼珠一样红，这让她看上去十分暴戾，仿佛一个眼神就能杀人于无形。

她就是芷梨吗？

"啧啧，你真的很喜欢那孩子啊。"如芯嘲讽似的说，"我记得你说过，不会再喜欢上任何人，怎么，自己说的话也不算数了吗？"

"闭嘴！"一声低喝，芷梨瞬间来到如芯面前，死死地盯着她。

她背对着我，我只看到她肃杀的背影，还有如芯渐渐扭曲的脸，我看不到芷梨现在是怎样的表情。

"看样子当年揍得你还不够惨。"芷梨的声音冷如冰，"我警告你离这两个孩子远一点，而且我是不可能让你得到钥匙的，因为连我自己都不记得钥匙放在哪里了。"

"我总有办法让你想起来的！"如芯还在嘴硬，她的目光落在了我的脸上，诡异地笑了笑，"芷梨，我们会再见面的。"

她说完，化作无数飘落的雪花，然后一阵狂风卷着雪花飘出窗外，在月色下，那雪花最终凝聚成人形，再然后，那人形又消散了。

四周死一般寂静，我躺在地上动弹不得。

芷梨站在原地，好一会儿她才缓缓地朝顾言汐走去。她扶起顾言汐，眼神带着一丝愧疚与怜悯，喃喃地道："果然，无论是谁，只要有了爱，就会生出不幸。"

她轻轻擦掉顾言汐唇角的血渍，然后一步一步地朝我走来。她跪坐在我面前，轻轻地将我拥进怀里，手一下一下温柔地拂过我的头发。

第五章 CHAPTER / 05
春花尽头是故乡

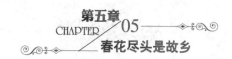

"不要爱上任何人，雪瑶，你要记住，好好地记住，你不喜欢顾言汐，现在不喜欢，将来也不会喜欢，记在心里面。"她说着，低头在我额头上留下一个吻。她的唇像是火一样，烫得我心里也像是燃起了一把火。

"不喜欢，就不会让他受到伤害；不喜欢，他就不会因为你而遭遇危险。我会让一切回到命运的十字路口，从那里到这里的这一段时间，我会让它从头来过，这一切都没有发生过。只有这样才能救顾言汐，只有让时间倒流，才能挽回逝去的生命。你要记好了，你不喜欢顾言汐，你的喜欢，会让他死在你面前的。"

我想开口说话，却无法张口，只能任由她抱起我，缓缓地走出这栋别墅。

我努力地回头，想要再看一眼顾言汐，我想确认他好不好，我只是想再看他一眼。

可是我什么都看不到。

不行，不确认他好好地活着，我不会放心的。这种想法深入骨髓，怎么都挥散不去。我忽然想起那时候，顾言汐因为救我而发病，我明明答应了小辰不再和他来往，却忍不住想去确认他好不好。

那时候的心情和现在的心情重合了起来。

原来有些东西，是不会因为记忆的消失而消失的。

有一种东西，无论记忆被抹去多少遍，无论时间的指针逆转过多少遍，它都不会被磨灭，它一旦出现就不会轻易消散，因为那会变成一种本能，一种直觉。

不知道是不是因为阿九带我回到一个月前的缘故，当我再次睁开

眼睛，站在熙熙攘攘的十字路口时，那些被芷梨夺走的回忆重新回到了我的脑海中。

芷梨逆转了时空，让我回到了这个十字路口。那时候明明芷梨让我选择另一条路，可我还是走向了通往顾言汐家的那条路。

原来并不是迷路过去的，而是我的本能，我想去确定他是不是活着，是不是好好的，所以在芷梨已经抹去我的记忆之后，我仍然踏上了相同的路。

我不知道我和他的初见竟然是那样的，我不知道我的一句谎话会成为真实，我骗他说我是来自未来世界的爱人，他没有当真，我却当了真。

"找回来了吗？对你来说，这应该是很重要的东西吧。"阿九的声音在耳边响起。

我回过头，他安静地站在路灯下，手里拿着氢气球，身上的白色礼服换成了小丑服。

原来是这样吗，原来那个小丑是阿九伪装的。

"你一直在这里等我吗？"我问他，"你等了多久？"

"没多久。"他淡淡地说。

"我能问你个问题吗？"我拿下阿九头上的小丑面罩，"芷梨和你一样也是狐狸吗？"

"是啊，她本来是青丘国的大妖精，她控制时空的能力，是我们九尾一族里最好的。"阿九说着笑了起来，"你见到她了吧，她还是个少女的时候，跟你长得一模一样。"

"嗯，我见到了。"我说，"怪不得如芯会以为我是芷梨，原来我们长得一样。"

"你想问我的，就只有这个吗？"他站在原地，微笑地看着我。

"顾言汐是不是也被抹去这段记忆了？他不会记得他喜欢我这件事，也不会记得我们真正第一次见面的情景。"心里莫名地很悲伤，这种明明发生过却要当作没有发生的感觉，真的糟糕透了。

"是，他并不记得这一段，他记得的第一次见面，只是你误入他家花园，被他逮了个正着。"阿九淡淡地说。

"可是他说，他似乎曾经见过我。"我有些不死心地说。

阿九冲我笑了，他说："还记得我说的话吗？有时候感觉比回忆更加真实，他不会记得那些事情，可那种感觉是抹不去的。"

我想起他说"我是不是在什么地方见过你"。

他明明什么都不记得，就像我，明明不该再走那条路，但最后我们谁都没有按照芷梨说的去做。

我去见了顾言汐，应该完全不记得我的顾言汐脑海里却记住了一些什么。

我忽然想起，那时候我砸开仓库门后，透过那个洞口，他长久地看着我。是否就是在那个时候，他就将我的模样刻进了灵魂呢？

"我现在要送你去一个月后了，准备好了吗？"阿九的声音很平静，听不出什么情绪。

"再让我看一看，好好看一看。"我转过身。身为路痴的我，第一次想要牢牢地记住一个地方。我不知道芷梨会不会再一次让时间回到这里，但是我想要记住去往顾言汐家的那条路。

"再好好看看。"

　　我想记住每一个细节，将这些都刻进脑海里，化为一种本能，这样我就一定能够遇见顾言汐。

　　只是一次遇见，原来竟然这么难。

第六章

CHAPTER /06

向北的地方白云蓝天

　　年华在指缝里流逝，时光在树轮里搁浅，她自流年里捡起一片斑驳的叶，带着一丛盛开的记忆之花，顺着川流不息的江河溯流而上。留下过什么呢？她站在溪流的尽头，梦化白马，奔走天涯，而她站在时光尽头，泪如雨下。

　　01

　　像是经历了一段极为漫长的梦境，只是我自己知道，这不是梦境而是真实。只是真实的，未必就是正在发生的。我在黑暗中睁开眼睛。

　　大巴车上的电子表显示是下午六点半，原来我这一睡就是四个小时，而这四个小时里，我回到了一个月前，找回了我与顾言汐第一次遇见的记忆，尽管这记忆毫无意义。

　　我睁着眼睛盯着漆黑的车窗外，车还要再开两个小时才能抵达宋姨所在的那个小山村。

　　我还有两个小时可以用来回想一些事情。

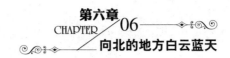

　　我闭上眼睛，将这一个月以来发生的事情全部连贯起来想了一遍。我不知道自己现在的这些记忆，有多少是原本发生的，有多少是后来被抹去重来的，又有多少是被芷梨篡改的，可是这些记忆，足够让我明白很多事情。

　　有个叫如芯的妖精在找芷梨，她想从芷梨那里得到一把钥匙，但是芷梨不肯给她。还有就是小辰知道九尾狐的存在，那么他到底知道多少呢？我下意识地回头看了小辰一眼，他把头靠在车窗上，呼吸很平稳，似乎是睡着了。

　　如芯长得和沈如芯一样，性格却天差地别，她们之间到底有没有联系，我不知道。芷梨和我长得一样，我和她有没有什么关系，我也不知道。

　　而顾言汐，他为什么会被牵扯进来？如芯知道找到顾言汐，就等于找到了芷梨，她为什么会有这样的想法，而且似乎还想得完全正确？再来，阿九和这一切有什么关系？阿九说，芷梨曾经也是青丘国的，那么他是出于什么样的立场将我送回一个月前，让我找回和顾言汐真正的初遇？

　　我想了半天，想得脑袋发胀，仍然一片迷茫，这一切仿佛一张巨大的蜘蛛网，我就站在网的中间。

　　围绕在我身边的这些人，好像都有问题，又好像都没问题，我感觉前方是一团浓郁的迷雾，我怎么都拨不开。

　　晚上8点半，大巴车行驶了六个小时后，终于平安抵达了小镇上的车站。

因为这个小镇太小，车站也显得破破烂烂的，只有一盏很大的白炽灯亮明。

我和小辰拎着双肩包从大巴车上下来，这个时候，连三轮车都很少，不过好在镇上离宋姨住的地方不远，我和小辰从车站一人买了一杯热豆浆，再要了两个茶叶蛋、一根烤玉米。

我一边吃着玉米一边跟着小辰往前走。这个时候，路上的行人非常少。

"冷吗？"小辰问我，"冷的话，就再拿件衣服穿上。"

"不用，走走就热了。"我摇摇头说。这座城市在北方，宋姨住的地方更加偏北方，按照往年的规律，这个时候都开始下雪了。

想起雪，我就想到如芯，她出现的时候总是伴着雪花而来，我没有问阿九，如芯是什么变成的妖精，现在想想，她应该是雪妖一类的。芷梨一看就是火狐，如芯和芷梨正好是相互克制的，若是真打起来，鹿死谁手，还真不知道。

我得弄清楚这到底是怎么回事，不然我不能保证如果如芯出现，我能保护好身边的人，尤其是小辰和宋姨。

"你怎么心事重重的样子？"小辰见我话变少了，便询问道，"是困了吗？"

"不困，睡了一路，现在很精神，我这不是饿了嘛，要专心啃玉米。"我朝他挥了挥已经被我啃了一半的玉米棒。

他笑着揉了揉我的头发："嗯，再走一会儿就到家了。"

这个时候我们已经拐上了一条泥路，宋姨住的地方在山里，那是

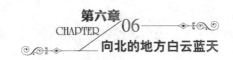

一栋两层的小木屋，因为宋姨有哮喘，所以必须住在这种空气非常好的地方，否则病情会加剧。

小辰拧开早就准备好的手电筒，照着前面的路，走了有一会儿，再拐个弯，沿着山坡走下去，就能够看到宋姨的家了。

宋姨知道我们要回来，这个时候还没睡，木屋里亮着灯，在漆黑的夜晚显得温馨极了。

"到家啦！"我忍不住喊了一声，跟着四面八方都传来回声，还有小鸟和山林里的动物被惊醒之后到处奔跑的声音。

我们老远就看到家门开着，宋姨就站在门边，朝我们的方向焦急地张望。

"宋姨，我回来看你啦！"我把背包塞到小辰手里，快步朝家门口跑去，心里温暖极了。虽然我不知道自己真正的家人是什么样的，但是至少现在的我，有回去的地方，有为了等候我而亮着的灯。

"累了吧，快进来。"宋姨笑得很开心，她是真的很关心我。

我一直很喜欢小辰和宋姨，因为他们是真的将我当成家人对待。我喜欢这样的气氛，喜欢这样的人。

我脱掉大衣，小辰关上了木屋的门，房子里面烧着炭，暖融融的。

小木屋的结构很简单，进门就是客厅和餐厅，餐厅边放着一张床，而楼上是两间阁楼，我和小辰在家的时候，就住在阁楼上的房间里，一人一间，宋姨则睡在楼下的床上。

客厅的餐桌上摆了满满一桌菜，都是和我小辰爱吃的，当然，绝

大多数都是我爱吃的。

"洗洗手吃饭，都饿了吧。"宋姨笑着拿了一根皮筋过来，将我披着的长发扎了起来，"我们小瑶的头发真好，无论风怎么吹，用手稍微梳理一下就顺了。"

"嘻嘻，平时可省事了，早上起来也不用梳头发，可以多睡一会儿懒觉呢。"我笑着说。

宋姨拍了拍我的肩膀，将我推到桌子前坐下："快吃吧。还有小辰，洗了手赶紧过来吃饭。"

"来了。"小辰正用干毛巾擦手，他慢吞吞地擦完手，将外衣脱下来挂在衣架上，这才走过来在我对面坐下。

02

"宋姨，今年山里还没开始下雪吗？"我回来的一路上都没看到下雪的痕迹，"去年这个时候，好像已经下雪了吧。"

"今年比去年暖和一点，可能要过两天才下。"宋姨在我旁边的空凳子上坐下来，和我说话的时候，顺手拿起绣品继续绣。

从我被宋姨收养起，我就没有见过小辰的爸爸，我也一直没有问，后来听小辰说，他爸爸妈妈很多年前就分开了。宋姨得到了一大笔赡养费，然后就带着小辰回了老家，在这山窝里找人盖了这座木屋，一直和小辰生活在这里。她不大出门，而那笔赡养费，我虽然不知道金额是多少，不过小辰告诉我，她一辈子不工作，也足够养活我们三个人了。

宋姨四十多岁，因为身体一直不好，加上不太出门，皮肤很白，乌黑的发间偶尔看得见白发，不过她身材很好，气质也很温婉，可以想象得出来，宋姨在我这么大的时候，一定是个非常漂亮的女孩子。

吃过晚饭，舒舒服服地洗了个澡，和宋姨说了一声，我就上了阁楼。宋姨应该晒过被子了，躺在被窝里，我都能闻到阳光的清新味道。

心情慢慢地放松下来，这段时间在心里堆积的烦躁情绪，像是一下子被驱散了。

我长长地呼出一口气，再用力吸进去一口清新的空气，浑身有种说不出来的舒坦感觉。

这一夜，听着风声和山里不知名的鸟儿的叫声，我沉沉地睡着了，竟然一夜都没有做梦，这一睡，一直到第二天中午才醒。

我从床上坐起来，阁楼的天窗上白茫茫一片。我瞪大眼睛，心里一阵雀跃，是下雪了吗？

我连忙穿好鞋袜，披上一件厚实的衣服就出了房间，走下木楼梯，趴在大大的窗户边看着外面。

原本萧条的树枝和枯败的落叶全都被雪覆盖了，整个世界一片冰天雪地，如同童话世界一样梦幻。

我裹上厚厚的羽绒服走出家门，门外的雪被扫开，露出一条小道，小辰正拿着一把铲子铲着地上的雪。

"真是的，这雪还非得等我们小瑶回来了才肯下。"宋姨拿着手套送出来给我。

"真好看。"我一直很喜欢这样的景致，白茫茫一片，干干净净，不染纤尘。

"一会儿就进屋，别冻着了。"宋姨嘱咐了我一声，转身进了木屋。

我戴上手套，仰头看着天空。雪后的天空碧蓝如洗，四周的山野全白了，这么一看，让人有种分不清哪里是天空，哪里是大地的感觉。

我穿着厚厚的雪地靴踩在雪上，发出"咯吱咯吱"的响声。我喜欢在雪地上行走，就这么漫无目的，不需要辨认方向，一直一直往前走。

"小瑶。"忽然，一只手牢牢地抓住了我的手腕。

我愣了一下，回过头看到抓住我的人是小辰，而我刚刚下意识地走进雪地里，竟然一口气走出了很远，从这里看小木屋，木屋只有巴掌大小。

我脑子里闪过一丝困惑，怎么一下子走了这么远？

"我随便走走。"我笑着说，"放心吧，不会走丢的。"

"可不敢相信你了。"小辰打趣道，"也不知道谁有一次在深山里迷路了，一个人找不到回家的路，蹲在雪地里哭。"

"陈芝麻烂谷子的事，小辰你每年都要拿出来说一次。"我挣开他的手，从地上抓了把雪朝他丢去，"回头告诉宋姨，就说你欺负

我。"

"你尽管告状去吧，下次你再走丢，我可就不找你了。"他说到这里，面色忽地一僵，跟着眼神一下子暗了下去。

我猛地反应过来，他肯定想起了前几天我被关在图书馆的小黑屋里，他找了很多地方都找不到的事。我一时间也不知道要说什么好，这大概成了小辰心里的一道隐伤，他觉得没有找到我是他的错。可是他本就没有责任和义务一定要保护好我。一想到这个，我就觉得自己亏欠他太多太多。

"下次……"他沉声说，"下次一定会找到你。"

"嗯，一定找得到，下次一定不会再让你找我。"我冲他笑了笑，"走吧，我们回家去吧，我饿了。"

"走吧。"他递给我一只手。

我握住他的手。隔着一层厚厚的手套，我不知道他的手到底是温暖的还是冰冷的，但我觉得一定是温暖的吧。

回到家之后，我脱掉外面的衣服，进了洗漱间，刷牙洗脸。而这时，宋姨也已经准备好了午饭。

吃过午饭，宋姨跟我们商量，要不要帮我们和老师请个假，因为今天已经是星期天了，明天就是星期一，现在赶回去肯定来不及，因为山被大雪封住了，徒步走出去很不方便。

我和小辰对视一眼，点点头表示同意，让宋姨帮忙请了几天假。

吃过午饭，我帮宋姨收拾碗筷，小辰则换了雪地靴出了门。因为不知道会下雪，家里储备的东西不太多，加上下雪，也没办法去山里

采野菜，所以需要去镇上的小菜市场买菜。

我本来打算和小辰一起去的，但是小辰非说不用，于是我就留在了家里。

收拾好碗筷，我穿上围裙，拿了鸡毛掸子和扫地的扫帚，开始打扫卫生。

宋姨靠在沙发上绣花，她没什么事的时候，就喜欢绣花。宋姨绣的花非常好看，绣什么像什么。

其实宋姨很爱干净，地面早就打扫过了。我打扫卫生，也是为了不让自己闲下来胡思乱想，所以找点事情分散注意力而已。

03

扫完地，接下来就是拖地了。

我拿起拖把，从宋姨的床边开始拖。拖着拖着，我突发奇想，床底下也应该打扫一下。这么想着，我直接半跪在地上，将拖把伸了进去，再将拖把从里面拉出来，带出一些灰尘和一样东西。

我看着被拖把带出来的东西，有些愣神。

我伸手将那东西拿起来，凑到眼前看了一会儿。

为什么宋姨的床下面会有这个东西？

那是一朵带着花枝的花，那花已经枯萎了，是半透明的，仍然保持着盛开的样子。

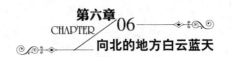
我见过这种花，在顾家的别墅里见过，那次我不小心碰掉书桌上的书，翻开的书页里，就夹着一朵这样的花，不同的是那是单纯的花，没有花枝，而这一朵是连着花枝的。

这种花，我还在梦里见到过，开在雪地里，月光照在上面，它们像星星一样会发光。

"小瑶？"宋姨的声音带着一丝慌张。

我抬起头来，不知道她是什么时候走过来的，此时就站在我身边，目光怔怔地看着我手上的那支干枯了的花。

"怎么了，宋姨？"我将花递给她，"这是什么花，宋姨你认识吗？"

宋姨伸手将花接了过去，她的眼神我看不太懂，不过她很快恢复笑容，说："这是星星花，开在雪地里，不太常见，看到这花，我忽然想起有一次，小辰在雪地里迷了路，我找了好久才把他找回来，回家之后我才发现，他手里抓着这种花。"

"是星星花啊。"我看着那朵枯萎的花，这个名字还真的很配这种花，"估计是小辰拿回来玩的时候，掉到床底了。"

"大概是吧。"宋姨笑着说，"我刚刚喊你，你没回应，我以为你扫地累着了呢。"

"没有，我就是觉得这花挺特别的。"我摇摇头。

我努力地回忆那时候在顾家看到这种花的情形，当时顾言汐似乎想问我问题，但后来被小辰打断了。

这种开在雪地里的星星花，为什么顾言汐也会有呢？

当时顾言汐想问我什么呢？

我努力回忆，却什么都想不起来。

我推开家门走了出去。下过雪之后，天更冷了，不过我好像天生耐寒，冬天都不是特别怕冷。

我蹲在家门前的雪地里，用手捏雪团玩。

为什么刚刚宋姨会慌张？她是因为看到那朵花而慌，还是因为那朵花被我拿在手上，所以慌了？

她的眼神我看不懂，在我的印象里，宋姨总是笑容和蔼，我从未见过她露出那样的表情……

"小瑶，小辰怎么还没回来啊？"天快黑的时候，宋姨有些担心地问我，"山里有积雪，虽然不能走很快，可是现在已经快六点了，怎么还不见他回来？"

"宋姨，我看看去。"我进屋换上雪地靴，拿着手电筒走出木屋。

宋姨用围巾把我裹得结结实实，有些不放心地说："要不还是我去看看吧，小瑶你万一迷路了怎么办？"

"没事的，宋姨，这条路我都走过这么多次了，不会迷路的。宋姨，你快进去，你身体不好，这种天气不要在外面走动。"我将宋姨推进木屋，拿着手电筒踏着积雪往前走去。

好在下午没有下雪，小辰中午离开时留下的脚印还在，我踩着他的脚印，顺着山路往上走。可是走到最高处的时候，我却看到脚印多出来一串，并且那两行脚印是通向不同方向的。

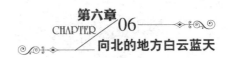

我应该跟着哪一串走呢？

我站在原地想了一会儿，从木屋出去的路我认识，但是下过雪之后，到处都是白茫茫一片，很多参照物都被雪掩埋了，我一时间分不清该朝哪个方向走才对。

我拿着手电筒朝两个方向照了一下，最终决定沿直线往前走。不过害怕走错路，我在岔路堆了个雪人立在那里，这样如果小辰回来了，看到这个，就知道我去另一边找他了。

做完这些，我才顺着脚印一路往前走。走过了一段平缓的下坡路，那串脚印仍然通向前方，并且脚印与脚印之间的距离越来越小。

我跟着走了很久，奇怪的是一直没看到人家。我开始隐隐觉得不对劲，我似乎走错了路，这条路不是通往市集的，而是通向更深的山林。

我转身往回走，然而手电筒的光从雪地上扫过的一瞬间，有什么东西亮了一下。

那是什么呢？

我想了想，最终决定拐过去看一眼。我握着手电筒，一直照着那个会发光的东西。走了不到十米，我终于停在了那发光物旁边。我蹲下身，就着手电筒的光，仔细地看着那东西。

那是一朵星星花。这种花在我梦里出现过很多次，但实物我只见过干花，长在雪地里的星星花我还是第一次见。

"小辰是在这里摘的吗？"我忍不住将那朵星星花连根从地上拔了起来。和半透明的花瓣一样，这种花的花茎也是半透明的，像是用

水晶做成的一般。

我抓着花，转身想要沿着来时的脚印往回走，然而当我转身之后，忍不住打了个冷战。

我错愕地看着眼前平整的雪地，惊愕地发现我的身后没有脚印。我吓了一跳，忙拿着手电筒在原地转了个圈，可是四面八方，无论哪个方向都没有脚印。

无论是我自己踩出的那串脚印，还是我之前跟着走的那串脚印，全都消失了！

04

我抓着那朵星星花，站在原地不知所措，抬脚想要往前走，却不敢。我不知道该走向什么方向，四面八方都是白茫茫一片，像是没有尽头似的。之前，回头还能看到裸露在外的黝黑山脊，可是现在什么都没有，像是这个世界，只有雪，不，除了雪，还有这种星星花。

我后悔极了，要是我跟着另一串脚印走就好了，或者我没有被这朵花蛊惑，从脚印处拐过来就好了。

小辰现在回家了吗？他要是爬到山腰处，看到我留下的雪人，会找来这里吗？

我心里又急又怕，明明是冰天雪地，我的额头上却因为焦急而冒出了细密的汗珠。

而且我忽然想到，如芯好像就是雪化的妖精，我身后的脚印忽然消失，该不会是她干的吧？

想到这里，我再也平静不下来了。算了，无论是哪个方向，只要一直走，总能遇到人的，相反一直站在这里，被如芯找到怎么办？我可打不过妖精。

我打着手电筒，却发现手电筒的光现在对我没什么用处，因为天空挂着一轮圆圆的月亮，皎洁的月光映在雪上，将黑暗驱散了大半。

我将手电筒揣进大大的羽绒服口袋里，不停地往前走。我发现越往前走，星星花越多，并且出现了其他颜色。

起先我以为是眼花看错了，可是观察了很久发现不是我眼花，星星花的确有其他颜色，浅粉色、淡紫色、冰蓝色，再往前走，星星花的颜色越发浓郁起来，我甚至看到了深紫色的星星花。而且星星花也越来越密集，之前只是零星点缀，后来是一丛丛，现在，成片的星星花开在眼前。

我尽量避开星星花，不踩到它们。

这到底是什么地方，我在这里生活了这么多年，从来没有听说过有这么一个地方。

不能再往前走了。我停了下来，潜意识觉得不能再继续走下去了，因为我不知道前面有什么，万一遇到什么危险，我哭都哭不出来。

我想了想，蹲下身采摘星星花，每种颜色的各采了一朵。然后我抱着这把星星花，转过身，往回走。

茫茫雪原上，除了星星花之外，只有我自己留下的那串脚印。我踩着自己的脚印往前走，想着要是小辰找过来就好了。

"芷梨？"我才往回走了几步，身后忽然传来一个女人的声音。

我先是一喜，跟着心中警铃大作，拔腿就跑，因为会叫我芷梨的，只有如芯！

"芷梨，你等等！"我跑了不到十米，就感觉耳边袭来一阵寒风，一股香味沁人心脾，接着就觉得眼前一花，有个人拦住了我的去路。

不！那并不是一个人！因为人类不会留那么长的头发，人类也没有银白色的眼眸。

不过我倒是稍微松了一口气，因为眼前的这个人明显不是如芯。

她看上去比如芯要年轻一些，有一头银白色的长发，那长发和衣摆一起拖在地上。她没有穿鞋，赤足站在雪地上。她的额头上有一朵银白色的花钿，也不知是天生就有，还是贴上去的。

她看着我，眼眶很快就湿润了。她缓缓地朝我走来，在我毫无防备的时候，忽然朝我扑来，说："芷梨，真的是你！我好想你，你去哪里了，为什么都不回来？"

这已经不是第一个将我误认为芷梨的妖精了，我感觉已经快要适应这种被认错的状况了。

"那个，我能问下，这是什么地方吗？"

她抬起头来看我，眼神充满惊讶："芷梨，你怎么了？这里是雪国啊，你怎么会连雪国都不认识了？"

"雪国？"我眨了眨眼睛，一脸茫然地看着她，"所以……你是雪国的妖精？不好意思，我不是芷梨，我只是和芷梨长得一模一样而已。我叫夏雪瑶，你叫什么名字？"

她愣了一下，松开我，拉着我转了一圈，前前后后、上上下下看了个遍，然后肯定地说："我没认错人啊，你就是芷梨，你不记得我了吗？我是月白啊！"

"月白？"我仔细回想了一下，发现自己并没有听过这个名字，"这个名字很适合你呢。"

"当然啊，因为这个名字是芷梨你帮我起的啊。"她脸上的笑容一点一点地淡去，眼睛里因为与故人重逢而浮起的喜悦也慢慢地消失了，取而代之的是满脸的担忧和困惑，"芷梨，十年前到底发生了什么，你怎么忽然从雪国消失不见了？"

"我真的不是芷梨。"我很无奈，她有很多疑问，我同样也有很多困惑啊。

她伸出手来，一把撩起我耳边的头发，说："你明明就是芷梨，你为什么要否认？"

"我头发下有什么？"我不解地看着她，为什么她只是掀起我的头发，就笃定我是芷梨呢？

"你自己看。"她从怀里掏出一面镜子。

就着明亮的月光，我看到自己被她撩起的头发下的耳朵变成了一对尖尖的妖精耳朵！

我倒吸了一口凉气，抢过她手里的镜子，仔细地看了好一会儿，

甚至用手摸了摸。没错，我的耳朵变成了尖尖的、不属于人类的耳朵。

"怎么会这样！"我吓坏了，我不是没有看过自己的耳朵，虽然我总是披着头发，耳朵也一直是藏在头发下的，可是我确定自己的耳朵不是这样的！

"这不是我的耳朵！"我用力扯自己的耳朵，却传来一阵钻心的疼痛，我扯的的确是我自己的耳朵。可是为什么？作为人类的我，怎么会有一对和妖精一样的耳朵？

这不合理啊！

05

我把镜子还给月白，沮丧地一屁股坐在了雪地上。

成片的星星花在身边连成了花海，月白在我身边坐下，用一种既好奇又困惑的目光看着我。

看到我不停地揪自己的耳朵，月白终于接受我不是芷梨的事实，因为她说，芷梨才不会做出这种奇怪的举动。

"那个……芷梨到底是个什么样的人，哦，不，什么样的妖？"我决定好好面对这个问题。既然有人总把我认作芷梨，我怎么也得弄清楚芷梨身上到底发生过什么事情。

"芷梨是我们雪国的大将军。"月白的语气里满含憧憬和骄傲，

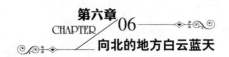

"她特别厉害，无论和谁打架，从来都没有输过。"

"可是芷梨不是青丘国的大妖精吗？"我想起阿九告诉我的关于芷梨的事情，他说芷梨操控时空的能力比他还要厉害。

"嗯，她是从青丘国来的大妖精，但她是要嫁到我们雪国来的。"月白耐心地解释给我听，"我们领主很喜欢她，加上她真的很厉害，就让她当了我们雪国的大将军。"

"等等，她嫁到你们雪国？是已经嫁了，还是没有？"我被她的话吓到了。

"她原本是要嫁过来的，她原本要嫁的人正是我们雪国原来的大将军，可是后来雪国发生内乱，大将军被叛变的妖精杀害了，所以她并没有嫁给大将军。不过大将军死了，芷梨没有哭，她说她要替他完成他没有完成的事情。"月白说到这里，声音里带上了一丝落寞，"她还没有穿嫁衣，就先穿上了战袍。如果没有芷梨，雪国大概已经不存在了。"

"不存在？这么严重啊！"我有些唏嘘，原来妖精的国度也存在这种争权夺势的状况吗？

"嗯，那些叛党被芷梨赶出了雪国，现在生活在南国的森林里，他们自己建立了一个国家，一直伺机想要袭击我们雪国。"月白叹了一口气，"要是芷梨将军还在就好了，可是没有人知道芷梨去了哪里。"

"那你知不知道如芯？"我问道，"她应该也是你们雪国的妖精。"

　　"你是说如芯？"月白的声音顿时尖锐起来，目光变得很愤怒，"不要提那个败类，她才不是我们雪国的妖精，她是个叛徒，是森国的走狗！当年就是因为她，芷梨将军才会不知去向！"

　　"怎么回事？"直觉告诉我，如芯和芷梨之间的问题是这全部谜团的关键。

　　"具体的我也不知道。"然而月白没能解开我的疑惑，她沮丧地摇了摇头，"我问过领主很多次，可是她都不肯告诉我。我跟领主请命去寻找芷梨，但是她不让我去。"

　　"芷梨不是大将军吗，大将军失踪了，领主为什么不让人寻找呢？"我皱着眉头问。

　　月白仍然摇头，她说："我也只是一个守卫而已，具体的事情我也不知道。我偷偷查了十年，可是关于芷梨将军的事，我一点都没有查到，她就像是凭空消失了一样。"

　　一个守卫知道的消息的确有限，我从月白这里已经问不出什么有价值的东西了。

　　"那你知不知道一只叫阿九的九尾狐？"我不再问有关芷梨的事情，而是换了一个话题。

　　月白茫然地看着我，轻轻摇了摇头："我没有出过雪国，没有见过除了芷梨之外的大妖精。"

　　"阿九也是大妖精？"我有些惊讶。

　　"对啊，狐狸如果有九条尾巴，那就是大妖精了。"月白肯定地说，"可能他是芷梨的朋友吧，不过芷梨没跟我说过。"

"哦，谢谢你。"我道了声谢，说，"能麻烦你送我出去吗？"

"送你出去？"月白不解地看着我，"你不认识出去的路吗，那你是怎么进来的？"

"我跟着一串脚印往前走，然后一回头，脚印不见了，我就到了这里。"我说，"对了，你能不能告诉我，为什么我的耳朵会变成尖尖的，难道是因为我到了妖精的国度，被妖气影响，所以产生了变异？我出去之后，耳朵能恢复正常吗？"

"你的耳朵为什么会这样我也不知道。以前也不是没有人类误入雪国，可是从来没有谁的耳朵变尖。我怀疑你可能和芷梨有点关系，具体是什么，我也不知道。但是你和她长得一模一样，如果是巧合，那未免也太巧了。"月白想了想说，"至于你出去之后耳朵能不能恢复正常，我也说不清楚，等你出去了，自然就知道了。"

"好吧。"轮到我沮丧了。我摸了摸自己尖尖的耳朵，要是耳朵变不回去可怎么办，别人看到了，一定会骂我是妖怪的。

我用头发将耳朵严严实实地遮了起来，同时用围巾缠了好几圈，这样就能把耳朵藏起来了。

月白说我可能和芷梨有某种关系，可是我和一个青丘国的大妖精会有什么联系呢？

我想不明白，只能暂时将问题抛诸脑后。

我跟在月白身后，一步一步地往前走。

"好了，就送你到这里吧。"月白对我笑了笑，"你就朝这个方向一直往前走，很快就能走出去的。记住，笔直往前走，不要拐弯，

也不要回头。"

"好，谢谢你。你真是个好妖！"我简直太感谢她了，要不是遇到她，我还不知道自己要在妖精的国度流浪多久呢。

和月白道别之后，我就顺着月白指的方向一路向前走。也不知道走了多久，我终于看到了起伏绵延的山脊，只是山上的雪全都化了，露出枯萎的枝丫和黝黑的山石。

奇怪，雪这么快就化了吗？

我正感到困惑，忽然有人抓住了我的手臂。我吓得左腿绊到右腿，直挺挺朝前栽去。我紧紧地闭上眼睛，然而预感中的疼痛没有来，倒是身下软乎乎的。

我飞快地睁开眼睛，五彩缤纷的星星花漫天飘落。

我眨了眨眼睛，怀疑是自己看错了，因为那人，是一个绝对不可能出现在这里的人。

"顾言汐？"我惊叫一声，"你怎么会在这里？"

第七章

CHAPTER /07

回忆是密不透风的网

再等一等好吗？再等一等我！不要放弃我，不要留我在孤冷的夜晚，一个人踯躅辗转；不要放弃我，多一点耐心，多一点信心。当冬雪消融，春回大地，我一定能够破土而出，在你心上开出一朵美丽的花。

01

我以为会找来这里的，要么是宋姨，要么是小辰，我从没有想过顾言汐会到这里来。因为这里离学校所在的城市太远了，坐大巴要六个小时。而且顾言汐也不会知道我在雪地里迷路了，他是怎么出现在这里的？

看到他的一瞬间，我脑子里唯一有的，就是一个大大的疑问号。

"可以从我身上下来吗？"顾言汐的声音传到我耳里。

我这才意识到自己还在拿他当人肉垫子，连忙爬了起来。

顾言汐跟着坐起来，落在他脸上、头发上的星星花全都掉了下来，他捡起其中一朵看了很久。

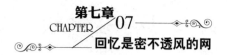

"你认识这种花？"我在他面前蹲下，从地上捡起一朵深紫色的星星花递到他面前，"我记得你的书里面夹了一朵这种花。"

"我不认识这花。"顾言汐却摇了摇头，"我一直很想知道这到底是什么花，可是我查了很多资料，问了很多人，没有人知道这到底是什么花。"

"那你书里面的干花是从哪里来的？"我不解地问。

他回忆了一下说："我只记得一个冬天的早晨醒来的时候，我手里紧紧握着那朵花，我也不知道是从哪里来的。"

"握在手里？"我瞪大眼睛看着他，"这么诡异，你竟然没丢掉？"

"直觉告诉我不能丢掉。"他说着，缓缓从地上站了起来，"你认识这种花吗？"

"这叫星星花。"我说，"对了，你还没告诉我，你怎么会出现在这里？你不是应该在学校上课吗？"

"先送你回去吧，你家人很担心你。"他没有回答我的问题，而是说了这么一句话。

我微微愣了一下。我记得前几天，我被关在小黑屋里，醒来之后，我想去告诉小辰我没事了，让他不要担心，顾言汐却生气了，为什么现在……

"走快点。"他抓住我的手臂，拉着我往前走。

我张了张嘴想问他，可是话到了嘴边却又硬生生咽了下去，算了，还是什么都不要问吧。

而且眼下的确是要先回去，现在已经是白天了，我迷路的时候分

明是晚上，小辰和宋姨估计都担心了一晚上了。

我跟在顾言汐身后往前走。

走了一半他的脚步慢了下来，他回过头懒洋洋地说："你在前面带路，我不记得该怎么走了。"

我抬起头看了一眼，这才发现我们现在已经走到了半山腰，就是之前的分叉口，到了这里，我就知道该怎么走了，尤其是雪都化了，就更好辨认了。

一路上我们都没说什么话，就这么沉默地走到了宋姨家。

宋姨急得眼眶都红了，看到我回来，一把将我搂进了怀里："小瑶，你到哪里去了啊？阿姨担心死了，你知不知道？如果不是你的同学说一定能找到你，阿姨都打算报警了。"

"阿姨，我这不是没事了嘛。"她的声音里满是关切和难过，她一定很担心吧，"对不起，总让你担心。小辰呢？小辰没事吧。"

"小辰没事，他在你出发后不久就回来了，他找了你很久，一直都找不到你，他都两个晚上没睡觉了。"宋姨叹了口气说。

"等等，两个晚上？"我惊呆了，"今天星期几？"

"星期三啊。"阿姨伸手摸了摸我的额头，"小瑶，你怎么了？你别吓阿姨啊。"

"没有没有，我就是一时间想不起来今天星期几。"我连忙说，心里却一阵翻江倒海，今天星期三？这怎么可能，我是星期天下午六点多出发去找小辰的，我以为今天也就是星期一的早上，所以才会诧异雪化得那么快，才会觉得顾言汐会出现在这里很奇怪。

难道说雪国的时间和人类世界的时间不一样吗？妖精拥有漫长的生命，是因为它们的时间本来就比人类世界慢？

怎么可能啊，我自己否定了这个想法，因为这太过离奇了。

不过，这个世界上存在雪国，存在妖精，存在能够控制时空的九尾狐，这本身就已经够离奇了。

"我去找小辰回来吧。"我连忙转移话题，"他一定很焦急。"

"我跟你一起去吧，要是迷路了，两个人总比一个人强。"顾言汐瞟了我一眼，语气带着淡淡的笑意。

"找到他就回来，他应该朝东去找你了。"宋姨说。

"好，我们走了。"我和顾言汐出了家门。我分不清东西南北，好在顾言汐还挺靠谱，他带着我往东走。

我跟在他身边，一边走一边朝四处张望，试图找到小辰的踪影。我总是不想让小辰担心我，却偏偏每次都事与愿违。

"顾言汐，你是在我身上装了追踪器吗？总能第一个找到我。"在天台上，我差点摔下去的时候，是顾言汐抓住了我；被关在小黑屋里，眼见着就要撑不住了，是顾言汐打开铁门将我救出去的；而这次，在雪国迷失，才走出来，又是顾言汐第一个找到我。

如果第一次算意外，第二次算巧合，那么第三次算什么？

总不能是他跑到荒郊野外来散心，正好遇到我吧……

"你是想问我为什么会在这里吧？"他似笑非笑地看着我说，"星期一上课你没来，星期二你仍然没来，我有点好奇你去哪里了，就向老师要了你老家的地址，于是我就出现在了这里。"

我停下脚步，有些诧异地看着他："为什么？"

"什么为什么？"他反问道。

"为什么在意我有没有去学校？"我迟疑了很久，还是问出了这个问题，"顾言汐，为什么总要救我？"

"我不知道。"他轻轻摇了摇头，像是连自己都很困惑，"其实我自己也不太知道原因，只是感觉一定要到你身边去，无论你在哪里，都一定要去。"

"顾言汐，你还记不记得我们第一次见面，你问我，我们是不是在什么地方见过，你说我长得像一个人。"我顿了顿，深吸一口气问道，"那时候的你，觉得我长得像什么人？"

顾言汐怔住了，像是没想到我会忽然问这个问题。

"顾言汐。"我朝他走近一步，盯着他漆黑的眼眸，"那时候的你，觉得我像谁？"

他长久地注视着我，这眼神让我想起阿九带我去一个月前，在顾家的仓库里，顾言汐看我的那个眼神。

我现在很紧张，紧张得手心里全是汗。

顾言汐，你会给我什么样的答案呢？

02

那天，我最终没能从顾言汐那里得到答案，因为就在他张嘴想要

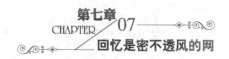

说话的时候，小辰的声音传了过来。

"小瑶！"小辰朝我跑来，他行色匆匆地走到我面前，眼睛下面是大大的黑眼圈，为了找我，他一定很久都没有好好休息了。

"我在这里。"我已经不知道要对他说什么好，每次都说不会再让他担心，可是每次都做不到，才让他担心一次，这才没过几天，又让他为了找我四处奔波。

"没事就好。"他站在离我一米远的地方，没有跑过来抱我，而且他从头到尾都没有看顾言汐一眼，仿佛在他的眼里，顾言汐是不存在的一样。

"对不起啊，小辰。"我上前一步牵住他的手。我感觉到，在我的手触碰到他的手的一瞬间，他浑身僵硬了一下。他的手很冷，是那种刺骨的冷。我越发无措起来，总觉得我在无意间伤害了小辰，可是这个世界上，我最不想伤害的人就是他啊。

我想说点什么让他不要自责，让他稍微好受一些，可是我绞尽脑汁、搜肠刮肚也找不到那样的词句。

我只有紧紧握着他的手，让他知道我就在这里，让他不要再自责了，错的不是找不到我的他，错的是让他找不到的我自己。

"对不起。"我小声说，"对不起，总让你担心，总让你找不到。"

"不是你的错。"我的手腕被人抓住，然后我感到一股很大的力气将我握着小辰的那只手拉开了，顾言汐拽着我的手，强迫我看着他，"为什么你要对他说对不起？错的是弄丢你的夏染辰，不是吗？"

　　"这是我和小瑶之间的事情，你不要管。"一直不说话的小辰终于开了口，"不管是找不到小瑶的我，还是总让我找不到的小瑶，那都是我和她之间的事情，你什么都不知道，凭什么插手我们之间的事情？"

　　"因为找到她的人是我。"顾言汐毫不退让地看着小辰，"不是你。"

　　小辰的脸色蓦地苍白一片，他的目光迅速暗淡下去，好久好久，他低低笑了起来："是啊，找到她的人，一直不是我。"

　　"你们都不要再说了！"我心里乱糟糟的，现在大家都平平安安，为什么要争吵，"先回家吧，回家再说好不好，宋姨还在家等着我们，她还在担心小辰。"

　　小辰静静地看了我一眼，然后他回头看了顾言汐一眼，最终什么都没说，转身错开我朝前走去。

　　"小辰。"我抬腿就要追上去，然而顾言汐死死地拽着我的手，站在原地不肯动。

　　"顾言汐？"我回头看他，他却偏过头没有看我，我只看到他的侧脸。他抿着唇，目光不知道看向何方。

　　"不要去，别走。"

　　"顾言汐，你……"我感觉心被人用针狠狠地扎了一下。顾言汐现在是什么样的表情呢？

　　他猛地一扯我的手，将我拉到他面前，然后飞快地抱住我。

　　我的脸埋在他心口，他的心跳"咚咚咚"地在耳边响起。

"一会儿就好。"

我不知道时间到底过了多久，他终于松开了我。

我仓皇地抬起头来，可是他用手挡住了自己的脸，飞快地转过身，然后大步朝前走去。

"顾言汐，你要去哪里？"我喊了一声。

可是他没有回答我，头也不回地从我面前走开了。到最后，我都没有看到他脸上到底是怎样的表情。

我站在原地平复了一下心情，等到面色如常，才转身朝家的方向走去。

顾言汐能去哪里呢？他在这儿人生地不熟的，而且这里都是山路，他身体不好，他要去哪里啊？

我刚到家门口，宋姨就走了出来，她说："你那个同学刚刚给我打了电话，说有事先回去了，让我跟你说声再见。"

"我知道了。"我稍稍放下心来。想想也觉得自己的担心有点好笑，他是顾家大少爷，出远门会有人跟着他的。

可是明明应该感到安心的我，心里并没有那么轻松，他为什么要让宋姨跟我说再见？这个再见，是再也不要见面的意思吗？

心一下子揪了起来，只是这么想着将来永远见不到他了，我就好难过。

"走吧，进屋吧。"宋姨推着我的后背往前走。

进屋之后，宋姨就催着我去补觉。

我躺在床上却怎么也睡不着，我明明应该很困，毕竟那么久都没

有睡觉，可是脑海里乱糟糟的，怎么都安静不下来。

小辰和顾言汐的脸交错出现又消失，总觉得我今天似乎伤害了他们两个。

顾言汐，他从那么远的地方来找我，他说："我只是感觉一定要到你身边去，无论你在哪里，都一定要去。"

他为什么会有这样的感觉呢？

那些被抹去的记忆，还是在他心里留下了一些什么吗？

我躺在床上，辗转反侧。直到半夜，我再也躺不住了，干脆掀开被子下了床。我披上一件厚厚的棉衣，推开阁楼通往平台的门。夜风很冷，像刀子一样割在脸上。

我反手关上门，往前走了几步，却意外地发现平台上还站着一个人。

"小辰，是你吗？"我轻声问道，缓缓朝他走去。

"是我。"黑暗中，小辰的声音听上去有些悠远。

我在他身边站着。他没有回头看我，也没有开口说话，一种从未有过的压抑感在我和他之间弥漫开来。

"说点什么吧，小辰。"最后是我忍不住开了口，"不管是生你自己的气，还是生我的气，不要不说话好吗？"

"小瑶，你会在乎吗？"他平静地问，"如果有一天，你遇到了一个比我更重要的人，你还会在乎我吗？"

"说什么傻话。"我说，"你和宋姨是我最重要的家人，我怎么可能会不在乎你？别说这种话。"

"家人？"他喃喃道，"是啊，家人。小瑶，在你心里，我只是家人吗？"

"当然不只是家人，你还是我最重要的朋友啊。"我不明白小辰到底怎么了。

"可是我不想只是你的家人！"他忽然变得焦躁起来，转过身，把双手按在我的肩膀上，说，"小瑶，你听好了，我不想当你的哥哥，我也从没想过要当你的哥哥，我更不想当你的朋友。"

"为什么？"我错愕地看着他。难道一直以来，他对我的好，都是强迫自己那么做的吗？因为宋姨让他拿我当妹妹，所以他才总那么宠着我吗？

"因为我喜欢你。"他的声音很轻，在安静的夜晚却又那么清晰，"我喜欢你，拜托不要再将我当哥哥了，好吗？"

我的大脑瞬间一片空白。

03

他是小辰，我却觉得他不是我认识的那个小辰，不是与我朝夕相处总宠着我的小辰。

可他分明就是小辰。

"对不起。"我手足无措，"对不起，我没有觉察到。"

我没有觉察到他喜欢我这件事，理所当然地接受他为我做的一

切，可是我为什么没有多想一下？

为什么没有在他第一次紧紧抱住我的时候，就去多想一下？

"对不起……"我往后退了一步，接着再退了一步，最终我从他面前落荒而逃。

我将自己关进房间里，拉过被子盖过头顶，"对不起"这三个字如同魔咒一样萦绕在我的脑海中。

对不起，小辰，对不起，我不知道你喜欢我。

倘若他是喜欢我的，那么他一定希望在我遇到危险的时候，第一个去到我身边吧。

倘若他是喜欢我的，那么他一定不希望我总是担心另外一个男生，偏偏那个男生在女生眼里，是那么的耀眼。

倘若他是喜欢我的……

不，没有倘若，他的确是喜欢我的。

可是这喜欢让我不知如何是好，这个世界上我最不想伤害的人是小辰，可是偏偏我总在不经意间伤害他。

我想起那次，他让我不要再去见顾言汐了，如果那时候我多想一想，或许就能早一点知道小辰的心意，可是我没有。

我明明答应了他会和顾言汐保持距离，可是我转身就去找顾言汐了，我甚至还对他说了谎，那天他回家之后什么都没有问我，那时候的小辰到底是怎样的心情？

我理所当然地觉得，我将他当成哥哥，他就一定将我当作妹妹。

该怎么办，我要怎么办才好，怎么样才能让他不要难过？

我就这么想了一整夜，等到第一抹晨光照进阁楼里，我仍旧得不出答案。

如果我也喜欢小辰就好了。

可是从小到大，小辰一直是家人，一直是哥哥，除此之外，我从未想过其他可能。尤其是在我找回了那段原本被芷梨抹去的记忆，我更加不可能喜欢小辰。

因为在我还没来得及试着将他不再当哥哥看待的时候，心里就先住进了一个人。

我后悔了，我不想要那段记忆了，既然已经被抹去了，为什么要让我再次找回来？那样的话，或者我可以试着接受小辰。

但是现在的我做不到，我没有办法回应他的心意。

我在床上躺了一整天，后来宋姨来喊我吃晚饭，我才不得不起床。去卫生间刷牙洗脸后，我走到餐桌边，小辰已经在那里了。

我迟疑了一下，还是在他对面坐下了。我尽量让自己表现得很自然，这样宋姨就不会察觉到我和小辰之间出了问题。

一顿饭吃下来，我手心全是汗，我从未这样不自在过。如果这里真的是我家该多好，如果小辰真的是我哥哥该多好！

"小瑶，明天早上我们坐车回学校。"小辰在我放下碗筷的时候说，"早点睡，明天要早起。"

"好，晚安。"我说完，甚至忘了跟宋姨道晚安，就转身上了楼。

我坐在床边，将双手插进自己的头发里，当我的手触碰到一个尖

尖的东西后，我打了个寒战。

我连忙用手摸了一下，那尖尖的东西不是别的，正是我的耳朵。

是的，耳朵。

昨天刚从雪国出来就遇到了顾言汐，再后来就是去找小辰，我竟然忘记了这么重要的事情。我努力回想自己有没有在别人面前露出耳朵，不过回忆了一遍，好像大家看到我都没有露出奇怪的眼神，那么大概没人注意到我的耳朵变成这样了吧。

我吐出一口气，心跳仍然很快。

疲惫感从心底浮上来，最近发生了太多事情，一波未平一波又起，我像是一只被野狼追赶着的小兔子一样，根本没有喘息的余地。像是所有的事情全都聚集到了一起，我感觉自己快要崩溃了。

不知道什么时候我趴在床边睡着了，迷迷糊糊间，像是有人推开房门，然后轻轻地把我抱起来放在床上，拉过被子替我盖上。

我想睁开眼睛看一眼，可是眼皮沉得像压了一座山，我怎么努力也睁不开。那个人在我的床边坐下，我感觉到他凝视了我好久，然后我听到一串脚步声远去，门被开启又关上。

我再也支撑不住，彻底地陷入了睡梦中。

那是个很奇怪的梦，我梦见了七八岁时小小的自己。

这并不是我第一次梦见小时候的自己，但是以往我都是梦见自己赤足走在无垠的雪原上，可这一次不是。

我梦见自己站在一栋小木屋里，木屋很温暖，我抱着一捧星星花走向一张床，床上躺着一个小男孩，他的脸很模糊，任我怎么努力也

172

看不清。我看见小小的我将那捧花放在了他的床头，有一枝星星花从床上掉下来，被我的脚无意间踢进了床底。

我梦见那个小小的我轻轻拢起了耳边的头发，显露在柔和灯光下的，是一对小巧的、妖精才有的尖尖的耳朵。

我顿时惊醒了，坐在床上大口大口地喘气，忍不住伸手摸了摸自己的耳朵，还是尖尖的，没有变回来。

大概是因为我太担心自己的耳朵，所以才会做这样的梦吧。

会不会我的耳朵再也变不回去了？我心里慌乱极了，如果那样，我要怎么办？

"小瑶，你醒了吗？"小辰的声音从外面传来。

"我马上就来。"我应了一声，连忙用头发挡住耳朵，迅速穿好衣服。

将原本就不多的东西全部塞进背包里，我拎着包下了楼，去卫生间洗漱了一下，坐到餐桌前，吃宋姨准备的早餐。

"睡得好吗？"小辰轻声问我。

"嗯，很好。你呢？"我忽然发现一下子找不到话题和他聊了，原本我们总有说不完的话，现在却一下子陌生成这样。

04

吃过早餐，我和小辰跟宋姨道了别，踏上了去往镇上车站的路。

一路上我们谁也没有说话。

我多希望自己拥有逆转时空的能力，这样我就能让一切回到他没有告诉我他的心意的时候，那样我就能够理所当然地当作什么都没有发生过，我们之间就不会变成这个样子。

回家的时候，大巴车上只有我和小辰两个人，回学校的时候，仍然只有我们两个人，没办法，这个小镇实在太小了。

我没有和小辰坐在一排，我在车后排坐下，而小辰坐在前面。

明明回来的时候，一切还不是这样的。

我心烦气躁地闭上眼睛，六个小时的行程如果都用来胡思乱想，那么我一定会崩溃的。

才闭上眼睛，我就感觉有一只手搭在了我的肩膀上，跟着我感觉整个身体腾空了。我猛地睁开眼睛，跟着我就吓了一大跳。

我像是站在一层看不见的透明玻璃上，脚下是万丈红尘，来来去去的人潮，川流不息的车辆，闪个不停的红绿灯。而站在我身边的，是一只大大的白色狐狸，它的九条尾巴全都张开了。我这才发现自己站立的地方并不是平面，而是一个立体造型的多面体，每一面上都呈现出不一样的风景。

"阿九？"我认识的九尾狐只有阿九一个，而且月白说过，九尾狐是大妖精。能被冠上大妖精之名的，应该并不多。

"是我。"

他毛茸茸的尾巴扫过我的头发，我原本挡住耳朵的头发一下子飘了起来。我下意识地伸手捂住自己的耳朵，我害怕别人看见那双奇怪的耳朵。

"很痛苦吗？小瑶。"他静静地看着我，冰蓝色的眼眸如同大海一般深邃，只是这么看着我，便让我慢慢地平静下来。

"想让一切回到最初，假装这一切都没有发生过吗？"明明我什么都没说，他却看破了我的全部心思。

"是不是所有的狐狸都像你一样讨厌啊。"我缓缓地蹲下身，伸手抱住他的脖子，看着他冰蓝色的眼眸，说："你难道不知道，女孩子的心，是不能看的吗？"

他凑过毛茸茸的脸来，在我的脸上蹭了蹭，然后往后退了一步，一阵白光闪过，他变成了一个穿着白色礼服的翩翩美男子。

他非常绅士地弯下腰来，递给我一只手，不急不躁地等着我。

我没有握住他的手，自己站了起来。

他不以为意地笑了笑，说："看样子，我被讨厌了呢。"

"我其实一直都想知道……"我认真地看着他的脸，"为什么是我？为什么我会卷入妖精之间的斗争？芷梨和如芯之间的事情，为什么我和顾言汐两个人会被牵扯进去？这一切到底是怎么回事？还有你，阿九，你为什么要让我知道这一切？"

"因为做了太久的看客，我不希望你继续自欺欺人下去。"阿九叹了一口气，声音很轻很淡，"你确定想知道一切吗？哪怕那些根本不是现在的你所能承受的。"

"既然你觉得那些我不能承受，为什么还要让我知道这些？"我实在不明白他到底想做什么，难道妖精都是这么让人难以捉摸吗？

"因为我想让你自己想起来。"他轻声说，"小瑶，我想让你自己想起来，那些被你遗忘的、被你一遍又一遍抹去的到底是什么。"

"被我抹去？"我一头雾水，抹去这些的不是芷梨吗，怎么又变成我了？

"对，被你自己抹去。"他肯定地点了点头，"你难道从来不觉得奇怪吗，或者其实你自己隐约知道了什么，只是假装不知道而已。小瑶，为什么你会和芷梨长得一模一样？为什么如芯三番四次找你？为什么你会有一对不属于人类的耳朵？你内心在逃避的，不愿意去面对的，不愿意去想的，到底是什么？"

"闭嘴！"我用力捂住自己的耳朵，阿九的话像是刀子一样，想要破开我的心，扎进我不想触碰的那个角落，"我不要听，你不要再说了！"

然而他没有停，仍旧在往下说："你想知道事情的真相，却又不愿意面对。"

"我不想知道了，我后悔了，你把那些记忆都收回去吧，我什么也不想知道！"我一把抓住他的手臂，乞求地看着他，"我是夏雪瑶，我只是一个普通的女生，我想要的，只是普普通通的生活！"

"哪怕这普通的生活，不过是一遍又一遍不停重复的生活吗？"阿九的眼神里满含悲伤，"每天经历的事情，都是曾经发生过无数次的，因为不想打破这样的平静，所以一次又一次任性地将时间拨回到中秋节那天下午一点半，回到那个十字路口。你知不知道，中秋节之后的那一个月，你到底重复了多少次？"

"咦？"我错愕地看着他，"重复？"

"108次，小瑶，你把自己困在十月，你把顾言汐、小辰，你把所有人，都困在十月。你知道接下去会发生什么事情吗？如芯会来找你，大巴车因为失控坠入深渊，小辰因为你死在了那里，你不想他死，所以你再次将时间倒转，又一次回到了一个月前那个十字路口。"

"无论是顾言汐还是小辰，他们在你的世界里，已经死去很多次。你还想要继续吗？如果你想继续，我就放你走。"阿九很认真地看着我的眼睛，他的表情前所未有的严肃，他没有说笑。

"可是我不可能做到啊。"我陷入混乱之中，有某种东西阻止我思考，因为我一旦思考，大脑就会变成一片混沌。

"你做得到。"阿九轻轻地说，"因为小瑶，你是青丘国最厉害的大妖精，你是雪国的大将军，你就是芷梨。"

05

他说："你就是芷梨。"

我就是芷梨吗？

"你害怕面对现在的自己，你害怕面对顾言汐和夏染辰，你总是在逃避，当你不知该如何是好的时候，想到的不是去面对，而是想让一切回到什么都没有发生的时候，然后让自己相信一切都好好的，哪

怕这不过是自欺欺人而已。你什么都没能改变，所以那些问题还是一次又一次地出现，那是你无论修改多少次记忆，逆转多少次时空，都无法改变的未来。有些问题在一早就埋下了种子，你做的那些毫无意义。"

阿九的声音听上去不带一丝感情，就这么直截了当地将我的伪装全部剖开，让我看着面目全非的自己。

因为他说的都是对的，所以我没有办法反驳他。

无论顾言汐还是夏染辰，我都没有好好去面对，总想着要是什么都没有发生过就好了。

我视而不见的不只是自己的心，还有小辰和顾言汐的心。

"你还想要重复第一百零九次吗？"阿九平静地问我。

"你到底是谁？"我没有回答阿九的问题，而是问他，"你和芷梨到底是什么关系？"

"你想知道吗？"他微微笑了起来。

我很肯定地点了点头："虽然我不知道为什么我会从芷梨变成夏雪瑶，但是我一定会找出答案。不过除了这个，我想知道阿九你到底是谁，为什么无法对我的事情袖手旁观？"

"我无法对芷梨的事情袖手旁观，有一段时间我觉得芷梨已经消失了，因为你不是芷梨。但是后来我发现，其实无论是芷梨还是小瑶，你就是你，一直以来从未消失过。"他淡淡地说道，"我和芷梨是从小一起长大的天狐，她是一尾火狐。我们一直吵吵闹闹的，但最后都好好地长大了。"

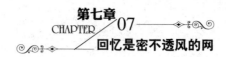

　　"可是后来有一天，族里的大长老说，芷梨变成大妖精之后，就要嫁到雪国，成为大将军的新娘。我去找芷梨，让她不要去，可是她没有听我的，因为她喜欢大将军，哪怕他们一共只见过几次面。多奇怪，对不对，朝夕相处的人就在身边，却轻而易举地爱上一个忽然出现的陌生人。"阿九的语气里有着浓浓的忧伤，我从他的眼睛里看到了无奈和寂寞，"是不是很像你，小瑶，你没有喜欢上朝夕相处的夏染辰，你喜欢的是顾言汐。"

　　"你喜欢芷梨？"

　　原来是这样，因为喜欢，所以无法继续袖手旁观；因为喜欢，所以不忍心看她一遍又一遍地沉沦。

　　"是的，我喜欢芷梨，像小辰喜欢你一样，我喜欢芷梨。"阿九轻轻笑了一下，像是有些不好意思。

　　"那个大将军，是什么样的人？"我忽然很好奇，雪国的大将军到底是怎样的人，可以让芷梨那样的大妖精轻而易举地喜欢上他。

　　"我带你去看看吧，或许见到了他，你就能想起一些什么。"阿九一把按住我的肩膀，然后拉着我从这个奇怪的多面体上跳了下去。

　　"啊！"我毫无防备，被他突然的举动吓得大叫了一声。

　　迎面扑来一阵暴风雪，大片大片的雪花闯进我张大的嘴巴里，我连忙捂住嘴巴。

　　阿九拉着我落在雪地里。

　　我环顾四周，到处都是雪，不过这里和雪国的风景又有所不同，站在这里可以看到连绵起伏的群山，那天我误入雪国，看到的景色是

一望无垠的雪地。

"这是什么地方？"我不解地看着阿九。

阿九却站在原地，看着一个方向出神。

我顺着他的目光看去，只见一匹快马从远处的山坡上飞奔而下，马上的人着一袭深蓝色的衣衫，仿佛是这冰川开出的一朵骄傲的花。

马往前跑了不远，忽然一头栽倒在地，猝死过去。

"喂，这是什么千里马。"年少时的芷梨看上去是那样不可一世，骄纵刁蛮，"才一会儿就死掉了。"

我伸手扯了扯阿九的手臂，说："她这是要去哪里，她能看到我们吗？"

"她看不到我们，因为我只是带你看一看过去的时光。"阿九轻声说。他的目光一直停在芷梨身上，那目光带着三分痴七分愁。他有多喜欢她，才会对着一个过去的幻影念念不忘？

"你经常这样来看她吗？"我问。

他摇了摇头："唯独这一段，我一直不敢看。"

"为什么？"

"因为就是这一天，芷梨遇见了大将军，并且爱上了他。"阿九轻笑了一声，"我一直没有勇气来看这一段过去。"

我的心里有些发涩发苦，原来阿九这样的大妖精也有不想面对的过去吗？

"他来了。"阿九看着前方，低声说道。

我忙收回视线看向前面，只见一只纯白色的老虎背上端坐着一个人。那个人穿着一身雪白的盔甲，乌黑的头发，漆黑的眉眼，坐在虎背上，看上去英姿飒爽。

"我说是谁，原来是青丘国的小狐狸，你跑到我们雪国来做什么？"他笑着问芷梨。

芷梨看到他胯下的那匹白虎时，眼睛顿时亮了，她说："你这老虎不错，本狐狸要了，快乖乖地送给我，不然我就揍你。"

"别闹，快回家去吧。"大将军不以为意地说，"不能再往里走了，再往里就是雪国的边境了。"

"你们雪国有什么了不起的啊，我进去看看又不会怎样。"芷梨哼道，"你把你的老虎给我，我就不进去了。"

"我不想伤害你。"大将军无奈地叹了口气，"乖，马上就有暴风雪袭来，到时候你就回不了家了。"

"你少瞧不起人了！"芷梨怒道，"我一定要揍你一顿！"

说着，她不由分说地朝大将军飞扑过去。

大将军脸上扬起一丝淡淡的笑意，他轻轻挥了挥袖子，芷梨就被弹了出去。

这下芷梨彻底怒了，她像一只发了疯的小兽一样，不管不顾地冲向大将军，只是从头到尾她连大将军的一根头发都没碰到。

"芷梨这个时候还不是九尾的大妖精吧？"我问阿九，却见他一副随时都要冲过去的架势，"喂，你想干什么，你说过这只是过去的幻影而已，无论你做什么，她都不会知道。"

"我知道，可我还是忍不住啊。"他呢喃了一声，跟着就往前奔

去。我连忙跟上去，他的手一次一次地扬起，想要接住一遍又一遍被打飞的芷梨，可是他什么都抓不住。

"别这样啊，阿九，你不要这样！"我忽然觉得好难过，这种情绪像是奔涌的浪潮一样，劈头盖脸朝我袭来。

这是芷梨的悲伤吧，一直沉睡在我心底的芷梨也看到了阿九吧，看到他一次次地伸手，一次次地落空。

对芷梨来说，阿九的存在，是不是就像小辰一样呢？

这时候芷梨狠狠地摔在了地上，一阵光芒闪过，芷梨不见了，地上出现了一只非常漂亮的小狐狸，它通体雪白，只有一双眼睛是火红色的。

阿九在那只狐狸身边蹲下，伸出手像是想要抚摸狐狸的头，他的脸上带着一丝笑意，好像他真的在很多很多年后，摸到了幼年芷梨柔软的毛发。

第八章

CHAPTER / 08

他在时光尽头喜欢我

岁月永不知疲惫，树叶落了一回又一回。你在阁楼上看风景，却在谁的眼里入了画？时光啊，请慢些吧。冬雪熬浓了思念，你等在时光尽头。沧海浮生看尽后，谁还在说喜欢你？

01

"原来你这么喜欢我啊。"心灵深处，有一个叹息般的声音响起。

我怔住了，忙在心里问："是芷梨吗，你是芷梨吗？"

"我是芷梨。"那个声音平静地回答，"可以暂时将身体让给我吗？"

"你要做什么？"我才问出这句话，忽然觉得自己被拉进了一间黑漆漆的小屋子里，屋子只有一扇窗，从这扇窗，我可以看到外面的世界。

雪原上，大将军从白虎背上跳了下来，走到狐狸身边，伸手将狐

狸抱了起来，伸出修长的手轻轻抚摸狐狸身上柔软的白毛。

"阿九。"我看见自己张开双臂，用力抱住了想要从大将军怀里抢回小狐狸的阿九，"不要再继续了。"

阿九浑身猛地一震，他不可思议地回过头来看着我："芷梨？"

"我是芷梨。"我听见自己说，"不要这样，对不起，我不知道你竟然这样喜欢我。"

"因为你是个笨蛋啊。"阿九将头靠在我的肩膀上，他的声音有些哽咽，"芷梨是笨蛋，是天底下最大的笨蛋，哪有人会喜欢把自己打回原形的人呢？"

"如果我是笨蛋，那阿九你就是大笨蛋。"芷梨说，"我都离开这么多年了，为什么还要对我念念不忘？"

"因为你总是让人担心啊，我没办法放着你不管，我不能眼睁睁看着你将自己困在自己设置的牢笼里。"阿九说，"那时候到底发生了什么？为什么你会让自己变成这副模样啊。"

芷梨脸上出现了一丝痛苦的表情，像是很不想回忆过往的事情。

"如芯是森国留在雪国的奸细，她潜伏在雪国是想找到那把开启上古妖精国大门的钥匙。也是那时候我才知道，大将军之所以会死，全都是如芯害的，是她杀死了大将军。我一怒之下和如芯打了起来。光明正大地打架，如芯不是我的对手，她被我打跑了，之后的事情我不记得了。"芷梨无奈地说，"可能是我自己将后来的记忆隐藏了起来。"

"或许那段记忆里有那把钥匙的下落？"阿九问道，"如芯一直

追着你要那把钥匙，这说明她知道钥匙在你手上。"

"我不知道。"芷梨叹了口气，"我只知道，和如芯的那场战斗之后，我就一直在沉睡，后来唤醒我的是小瑶，如芯害死了顾言汐，小瑶在痛苦之中无意间将我唤醒了。"

很多画面在我脑海中闪现。原来是这样吗？每次在遇到危险的时候，芷梨总会出现，是因为脆弱的我在下意识地呼唤那个曾经强大的自己吗？

无论是芷梨还是夏雪瑶，原本就是一个人啊！

"那你接下去打算怎么办？"阿九询问道，"如芯不找到钥匙，是不会放过你的。你还想逃避多久呢，芷梨？无论怎么逃避，都逃避不了你是妖精的事实。"

"阿九，我只是一段记忆而已。"芷梨轻声说，"记忆是做不了选择的，我只是被自己封印在小瑶身体里的，属于过去的记忆与力量。我无法主动去做出选择，我只能根据自己的意识行动。"

"小瑶，你听到了吗？"阿九的声音从外面传来，"做出选择的从来不是芷梨，一次又一次地重复十月份，抹去自己的记忆，这不是芷梨做的，而是你自己。你希望自己这么做，于是芷梨就顺应你的想法这么做了。"

芷梨就是我，我就是芷梨。

一切会走到这样的地步，不是芷梨的错，我不能再将过错推给一段记忆，我必须面对的，首先是我自己。

如果我连自己都无法好好面对，那么我就永远无法面对其他人。

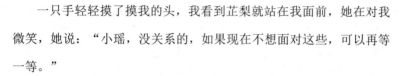

一只手轻轻摸了摸我的头，我看到芷梨就站在我面前，她在对我微笑，她说："小瑶，没关系的，如果现在不想面对这些，可以再等一等。"

是啊，可以等一等，都已经等了这么久了，不是吗？那么再等一等也没关系的，不是吗？

冒出这种想法，我连忙摇了摇头，我又在退缩了，不可以退缩，这一次，无论如何我都不能再退缩了！

"我要怎么做？"我强迫自己压下想要逃跑的冲动，咬着牙说，"要怎样才能破解这种毫无意义的轮回？要怎样才能让时间继续往前走？要怎样才能让顾言汐和小辰好好地走到下一个月？要怎样才能看到一场真正的雪？要怎样才能让如芯不再来找我？"

芷梨怔怔地看着我，好久好久，她张开双臂抱住了我，我感觉自己的脖颈处湿了，她轻轻地说："那些需要你自己去想，对不起，我只是一段记忆，我无法找出答案。"

"没关系的。"我反手抱住她，就像是拥抱过去的自己，"这一次我不会再逃避了，我一定会找出答案的。"

抱着我的芷梨化作星光点点，消失在了我的眼前。

我伸手捂住自己的脸，这才发现不知道什么时候，我早已泪流满面。

一只温暖的手替我擦掉了脸上的泪。我抬起头，看到阿九正面带微笑地看着我。

"我是谁？"我有一刹那的晃神。

"你是小瑶，无论什么时候，请记得你是夏雪瑶。"阿九很坚定地对我说。

对，我是夏雪瑶，芷梨只是我的过去，我不能逃避我的过去，但是同样，我也不可以否定我的未来。

"我们回去吧。"我看着空荡荡的雪地，抬头对阿九说。

"好，我们回去。"

阿九最后看了一眼这片雪原，然后他按住我的肩膀，再一次带着我回到了那个奇怪的多面体上。

四面八方都是光怪陆离的景象，而我站在其中。

"你想去哪里？我送你过去。"阿九说。

"不用了，这一次，我想自己回去。"我回头对他微微笑了笑。

我感觉到原本一直恐慌的心终于平静下来，我从未这么坚强过。

一直以来，我总是依赖着小辰，总是逃避着不想面对的事情，可是这一次，我想自己去面对。

曾经的青丘国大妖精，雪国的大将军，才不会是懦弱得连自己都无法面对的家伙！

02

大巴车在高速公路上平稳地行驶着，我睁开眼睛看了一下时间，现在是上午十点钟，距离我和小辰上车已经过去两个多小时了。

还有四个小时的行程。

我记得阿九告诉过我，如芯会来找我，而小辰因为我，死在了这辆大巴车上。紧接着，我就会因为想要逃避一切而唤醒芷梨，她会让时间回到曾经的那个十字路口，一切会从那里重新开始，重复着已经重复了很多次的金秋十月。

可是我不想再重复下去了，我不想再回到过去，我选择留在现在，就从现在开始，换我保护小辰和顾言汐了。

我坐在座位上等着如芯来找我。

她想要的是一把钥匙，只要我这里还有她想要的东西，她就不会真的对我下死手。

小辰的座位在最前面，我有些庆幸自己没有坐在小辰身边。

这样过了一会儿，车里面的温度陡然降低，我的心突地一跳——来了，如芯终于来了。

一片冰冷的雪花落在我的脸上，我深吸一口气，站了起来，大声喊了一句："阿九！"

"来了。"一身白衣的阿九从车窗外跳了进来，声音里带着一丝笑意。

"交给你了！"我说。

"没问题。"阿九点了点头，然后他长长的尾巴从我眼前扫过，我立即到了车外面，而阿九坐在了我的座位上。

大巴车仍然开得很快，不一会儿就在我眼前变成了一个黑点，最终消失在了视线的尽头。

我站在高速公路上，静静地等着。

雪花越飘越多，跟着雪花一起的，还有肆意的狂风。

我没有要阿九将我送回过去，而是让他帮我一个忙，那就是在如芯来找我的时候，将那辆本该出事的大巴车还有本来会死在大巴车里的小辰带去安全的地方。

一直被动地被如芯追了这么久，也是时候主动一回了。

"竟然找了人来帮忙啊。"如芯出现了，只是声音里满含嘲讽，"也是，那家伙也不是第一次坏事了。"

我的脑海中飞快地闪过一个片段，那原本已经被抹去的记忆现在已经全都回到了我的脑海中。如芯说的应该是那一次，我和顾言汐一起去吃牛排，途中，我看到一阵白光闪过，然后车窗玻璃碎了。后来我趴在车窗上，看到阿九坐在后面那辆车里，一直跟着我们的车。

那时候我以为阿九是坏人，是要袭击顾言汐的人，不过现在我知道了，余光扫到的白光，其实是一根锋利的冰凌，是如芯想要袭击我，但是阿九一直跟在我们后面保护我。想来真是好笑，我原本以为自己是被顾言汐连累了，真相却是顾言汐被我连累了。

"就那么想得到那把钥匙吗？"我直截了当地问，"为了一把钥匙，你背叛了所有人。"

"哟，这次怎么不跟我装傻，怎么不说自己不是芷梨了？"如芯讥笑道，"也是，每次都要被我揍得半死才肯出来，也的确太没意思了。"

"芷梨是过去，而小瑶是现在。"我淡淡地说，"我不会再否认

自己就是芷梨，但是你也不要否认我是夏雪瑶。"

如芯愣了一下，像是没想到我会说出这样的话。

"我不管你是芷梨还是夏雪瑶，把钥匙给我！"她说着朝我摊开一只手。

我摇了摇头说："不只是你想找到那把钥匙，现在连我自己都想找到那把钥匙来结束这一切。"

"你什么意思！"如芯立即变了脸，"当初雪国的领主将钥匙交给你保管，我知道钥匙在你这里。"

我闭上眼睛开始回想芷梨的那段记忆，除了钥匙的去向，我已经全都想起来了。

那时候，还是芷梨的我在雪国的雪原上和如芯打了起来，那一战我险胜。虽然打走了如芯，但是我也受了很重的伤。也正是由于受了伤，所以我才会一下子变回人类七八岁小女孩的模样。

那之后发生了什么，我无论如何也想不起来。在那段空白的记忆里，应该藏着如芯想要的东西，只可惜那段记忆连芷梨也忘记了，更不要说是我了。

"我没有骗你。"我说，"我真的不知道钥匙的下落，你就算杀了我，也毫无意义。"

"我杀你做什么？"她扑哧一声笑了起来，"杀了你，我找谁要钥匙去？但是你在乎的人很多。"

"你敢！"我怒道，"我身边的人，无论是谁，你敢动一根汗毛，我一定要你的命！"

"如果是昔日雪国大将军跟我说这句话，我大概还会害怕，但是现在这话从你嘴里说出来，可是一点威慑力也没有。而且芷梨，你重复地让时间倒转，已经消耗了很多修为，现在的你根本打不过我。"如芯有恃无恐地说，"三天，我给你三天的时间，三天后我会去找你，如果你不把钥匙交给我，夏染辰的命，我就作为你逾期的利息收下了。"

她说完，化作千万片雪花消失在我眼前。

我松了一口气，随即又担忧起来。

随着从前的记忆回到我的脑海中，我知道了那把钥匙代表了什么，也明白为什么那时候的我会将那部分记忆全部抹去，宁可让过去的自己消失，也要将钥匙藏匿起来。

那把钥匙是开启上古妖精国大门的钥匙，这我已经从阿九那里知道了，我原本想，不过是一把钥匙而已，没有什么大不了的。但是现在我知道，我想错了。

上古妖精国存在于距现在大概一万年前，后来因为一场内乱导致上古妖精国覆灭。最后一任国主将妖精国的大门锁上了，并将那把钥匙交给了后人保管。

从上古妖精国迁徙出去的妖精，在雪国重新建立了妖精王国，而那把钥匙由历代领主守护。

原本一切都好好的，但是上古妖精国的遭遇再次落在了雪国头上，雪国出现了内乱，一部分妖精想要扩大雪国的边疆，占据人类世界。

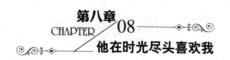

但是历来妖精国和人类世界都是井水不犯河水，那部分想要开疆扩土的妖精当然遭到了强烈的反对。

终于，矛盾爆发了，而芷梨原本要嫁的大将军，被如芯害死了。那群妖精想要得到上古妖精国的钥匙，那里藏着很多上古时代的秘宝，一旦那些东西落到那些激进的妖精手上，后果将不堪设想，人类世界也会遭遇巨大的危机。

领主将钥匙交给芷梨保管，因为那时候的雪国除了芷梨之外，没有人有能力保管那把钥匙。芷梨除了是雪国的大将军之外，还是青丘国的大妖精，九尾狐能够自由穿梭时空，芷梨可以将钥匙藏在时空的任何一个角落，这样那群妖精肯定找不到。

芷梨原本也的确打算将钥匙藏进时空之中，可是她没有来得及这么做。如芯和她的那一战让她伤得很重，她已经没有足够的修为将钥匙藏进时空的洪流之中。

03

我怎么也想不出，那时候的我，会将钥匙藏在什么地方。

因为虽然我找回了那部分记忆，可是我的心无法与那时候的自己产生共鸣。因为那些记忆对我来说，太过于陌生和遥远，而且明确地算起来，我生于芷梨沉睡的那一瞬间，我与芷梨是一个人，但又不是一个人。

我的生命的起点，是芷梨生命的终点。

而且到现在为止，我仍然固执地认为我是人类而非妖精，哪怕我的身体是一具货真价实的九尾狐妖的身体，可是我的心却跳动着属于人类才有的节拍。

我回去的时候，小辰已经睡了，阿九坐在客厅里等我。

"怎么样了？"阿九问。

"如芯给我三天时间找出钥匙，不然她就要带走小辰的命。"我在他对面的沙发上坐下，"可是现在连我自己都不知道那把钥匙藏在哪里。阿九，你能找出那段记忆吗？"

"你还记得我对你说过的话吗？芷梨操控时空的能力比我高明多了，当她决定藏住一段记忆，那么我就算翻遍所有时空，大概都找不到。"阿九耸了耸肩，摊开手说，"不过算起来，守护那把钥匙本是雪国领主的责任，你要不要去找她帮忙？"

阿九正说到这里，一阵敲门声传来。

我愣了一下，这个时候会是谁呢？顾言汐吗？应该不是，那天在山里，他离开的样子就像是永远都不会再见我一样，这个时候来的应该不是顾言汐。

"呀，说曹操曹操到。"阿九的语气有些惊讶，"小瑶快开门，外面来了一个很重要的客人。"

很重要的客人？

我满心狐疑地走过去，开门的一瞬间，风雪闯了进来。

来的不是一个人，而是两个人，哦，确切地说，是两个妖精。

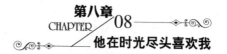

其中一个妖精穿着一身非常漂亮的深紫色宫衫，若不是她有一双深紫色的眼眸，我都要以为她是从画中走出来的古代女子。而跟在她后面的那个我认识，是上次我误入雪国的时候，好心送我出去的月白。

"领主？"我有些意外，穿紫色宫衫的正是雪国领主。

"芷梨。"她微笑地看着我，"好久不见了。"

"是好久不见了啊。"我侧过身将她们让了进来。

"后来我试图找过你，可是我感知不到你的气息。"领主缓缓地说，解释她为何这么多年都没有找过我，"我没想到，你会伤得那么重，以至于妖力都几乎丧失。"

"我也没料到会这样。"我想了想，还是决定告诉她我的现状，"其实芷梨在那一战之后就已经不存在了，你们可以理解为她已经死了，我是雪瑶，是芷梨消失之后出现的。"

"我知道。"领主没有惊讶，而是了然地说，"这也是为什么无论我私下里怎么找都找不到你的原因。当初芷梨为了永远地将钥匙藏起来，选择了跟钥匙一同消失。"

"那还能找到钥匙吗？"我不由得有些担心，听领主的话，她应该也不知道芷梨将钥匙藏在了什么地方，"如芯一直追着我要那把钥匙，并且威胁我三天后还找不到钥匙，就会杀死我的家人。"

"我不会让她这么做的。"领主很肯定地说，"事实上我这次来找你，也是为了那把钥匙而来。"

"什么？"我惊得跳了起来，"你也想要那把钥匙？"

　　"你别害怕，我不会伤害你的。"领主忙说，"事实上从今往后，没有人会来伤害你。"

　　"什么意思？我没听明白。"

　　"昨天，雪国和森国讲和了，因为无论哪一国都没有精力再去攻击对方了。小瑶，你知道雪国为什么能存在吗？"领主静静地看着我，轻声问道。

　　我想了想说："因为一块雪灵石，所以才有雪国的存在，而雪妖之所以存在，也因为雪灵石的存在。"

　　"你说得没错。"她的眼神中出现了一抹忧色，"可是雪国的雪灵石坏了，如果没有新的雪灵石替换，那么雪国将不复存在。而雪国的妖精失去了雪灵石的庇佑，也会消失的。"

　　"啊？"我愣在了原地，"那要怎么办？"

　　"上古妖精国里藏有一块古老的雪灵石，只要有了那块雪灵石，那么雪国就不会消失。"

　　"森国的妖精停止攻击雪国，也是因为受到雪灵石的影响吗？"我不解地问。

　　"是的。"领主点了点头说，"森国和雪国，其实都是依赖那块雪灵石而生。"

　　"所以如果钥匙不见了，雪国就会整个消失吗？"我的手轻轻握成了拳头，像是有一块巨石从天而降，那重担压得我有些喘不过气来。

　　"你不要有太大的压力，我们大家一起想办法，总能找到那把钥

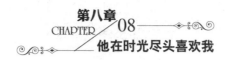

匙的。"领主轻声安抚我。

可我不像领主这么乐观，我的记忆已经被覆盖了很多次，我不确定自己是否还能够找回那段被自己毁掉的记忆。

领主和月白走后，我坐在沙发上，很久很久都说不出话来。

阿九也没有说话，只是静静地陪着我。

等到第一束阳光刺破黑暗照进窗户时，我才意识到自己竟然在黑暗中坐了一整夜。

阿九离开之后，我进了卫生间洗了把脸，出来的时候，小辰正好走出房间。

他看到我的时候，微微愣了愣。我以为他要和我说点什么，可他只是低下头从我身边走开了。

我这才想起我和小辰之间还有很多事情没有解决，他说喜欢我，我还没有给他一个答案。

昨天我忘了问阿九，他有没有抹去小辰被他带走的那部分记忆，我不知道他对我的事情知道多少。

吃过早餐，我拎着书包去学校，小辰一路上都没有说话。我们在楼梯口分开，他去他的教室，我去我的教室。

路过隔壁班的时候，我看到沈如芯坐在座位上。是了，我还没有弄明白沈如芯和如芯的关系。除了钥匙之外，我还有很多问题都没有找到答案。

比如说为什么顾言汐见过妖精国的星星花？为什么小辰会研究九尾狐？还有，宋姨说他小时候迷过一次路，回来的时候带着星星花，

那么小辰迷路是去了哪里呢？

我正站在那里胡思乱想，忽然有人从后面用力拍了我一下。

我吓了一大跳，回头却看到了洛凌灿烂的笑脸："夏雪瑶，你这家伙怎么请了这么多天的假，在家住得开心吧？"

"当然开心了。"我暂时收起满心的疑惑，跟着洛凌进了教室。

我的目光下意识地落在了顾言汐的座位上，然而那里空空的，什么都没有。

顾言汐果然没有来学校。

04

整节课我都心不在焉，思绪不知道飘到什么地方去了。好不容易下课了，我飞快地走出教室去了隔壁班，将沈如芯叫了出来。

她却不再露出怯怯的目光，而是微笑地看着我。

"如芯。"我寻思着怎么问她比较好，"我见过一个和你长得一模一样的人，而且名字和你也一样。"

"所以呢？"她盯着我的眼睛，似笑非笑。

"你是不是就是那个如芯？"她这个样子让我心里有点发寒，我还是更习惯看到她低着头有点阴冷的模样。

"你不是都猜到了吗？"她拢起耳边的头发，露出一只尖尖的妖精耳朵，"不过你猜得也不太对。"

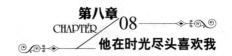

"什么意思？"

"我不是如芯，我是她用雪捏出来的傀儡娃娃而已。"沈如芯淡淡地说，"她让我接近你，看看能不能找到她要的钥匙。"

"所以想成为朋友也都是假的吧？"我想起如芯曾经的背叛，真是什么样的主人就有什么样的傀儡娃娃吗？

然而沈如芯沉默了，好一会儿才说："其实也并不全是假的，小瑶，你是个很好的人，如果我能够变成人类，我一定很想和你成为朋友。"

"你只是安慰我，还是真的有这种想法？"我不太相信一个傀儡娃娃说的话。

她的眼里闪过一丝忧伤："当你说，无论发生什么，你都会在的时候，我很感动。"

我从口袋里掏出她给我的那个香囊，说："你送我的这个香囊……"

"这是我亲手做的，你一定要带在身边。"沈如芯的语气变得急促了些，"或者你觉得我是如芯的傀儡，我也是坏人，但我本是由雪捏成的，其实原本的心思也跟雪一样纯白，我没有什么恶意。这个香囊，请不要弄丢。"

"好。"我想了想，将香囊放回了口袋。

不知道为什么，我觉得她不会害我，尽管她不过是如芯的一个眼线而已。

这时，她又说了一句让我倍感意外的话："对不起，那次原本是

不想让主人找到你，才把你引到黑屋子里的。我不想看到你被主人打得伤痕累累，所以才那么做。"

"什么？"我吃惊地看着她，那次被关在黑屋子里，我差点死掉了，如芯现在却说是为了保护我，"你是为了保护我？"

她低下头，长长的刘海儿挡住了眼睛，我看不到她此时是怎样的神情。然而终于，她缓缓地抬起头来，那双漂亮的眼睛里带着一丝忧恼，一丝浅笑，还有一点朦胧的水汽。

"小瑶，在你为了我被那群女孩从楼顶推下去的一瞬间，我就决定和你成为朋友了，不管你信不信，我真的很喜欢你，总觉得能和小瑶你成为朋友，真是太好了。"

她说完，转身往前走去。

"你等等！"我喊住她，"顾言汐会找到我，是你告诉他我在那里的吗？"

沈如芯的脚步顿了顿，她轻轻摇了摇头说："不是我，但我知道，如果是顾言汐，他一定能找到你的。"

说完这句话，她便继续往前走去。

"那回头再见。"我迟疑了一会儿，对着她的背影喊道。

然而这一次，她没有和我说再见，也没有回头再看我一眼。

上课铃响起，我进了教室。这节是英语课，我听得昏昏欲睡，趴在桌子上将书本立起来，不知不觉睡着了。

睡梦里我闻到了一丝熟悉的香味，那应该是沈如芯送给我的香囊散发出来的。然后我看到沈如芯朝我走来，她站在离我三米远的地

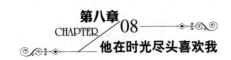
方，张着嘴像是在和我说什么，可是我只看到她的嘴巴一张一合，却听不见声音。

我很焦急，心里浮上一丝强烈的不舍，猛地惊醒过来。在老师和同学异样的目光下，我冲出教室跑去了隔壁班。

原本沈如芯的座位上只有一摊快要消失的水渍，而她已经不知去向。

"沈如芯呢？"我一把抓住沈如芯座位前面的一个男生的衣领，"沈如芯去哪里了？"

"什么沈如芯啊？"那个男生一脸茫然地看着我，"我们班没有叫沈如芯的。"

"不可能！"

我放开他，重新拉起一个同学问道："她就坐在这个座位上，她人去了哪里？"

"同学，我们班真的没有叫沈如芯的。"这时，老师朝我走来，"你是不是走错教室了？"

我呆呆地看着老师一张一合的嘴，松开了被我抓着的那个男生，一步一步往后退，最后飞快地跑出了这间教室。

沈如芯消失了，并且所有人的记忆里都没有她的存在。

我不知道那是我们最后一次见面，如果知道她会消失，我一定会抱一抱她的。

哪怕她只是个雪做的傀儡，可是她曾经是我的朋友。

我没有回教室，一个人游荡在安静的校园里。正是上课时间，校

园里没有什么人走动。我还记得有一次和沈如芯一起吃饭的时候问起她的生日，说想送她一个生日礼物，她听说我要送礼物给她，高兴极了。

可是现在，那个孤单的雪人娃娃就这么消失了。

我看着手里握着的那个香囊，这大概是她留在这个世界上的唯一一样东西了。

走出学校大门，我站在原地回头看了一眼，有种不真实的感觉萦绕在心头。

我内心甚至有些惶恐，会不会有一天，我也会像沈如芯一样，忽然之间就在这个世界上消失了，并且消失之后，没有人会记得我来过这里。

有些话不说，就再也来不及说了；有些人不见，可能连最后一面也见不到了；而有些心情不传递给对方，可能就这么错过了。

我不想这样，我不想和阿九一样，在过去的幻影里一遍又一遍地去拥抱虚无的影子，我也不想和沈如芯一样，说着明天再见，却连多活一秒钟都是奢侈。

我决定去见顾言汐。

那天在山里，我连他最后的表情都没有看到，明明说的是再见，可是那样的再见，我才不想要。

现在的我已经知道怎么去顾家别墅了，因为那条路我走了那么多遍，我那么用力地镌刻在脑海中，就是害怕无法遇见他。

而我们好不容易遇见了，怎么能用那种方式说再见？

我走到顾家，敲开顾家的大门。

是管家来开的门，他的神色很疲惫，见是我，他勉强笑了笑："是夏小姐啊，你好。"

"顾言汐在家吗？"我问他。

管家的眼底闪过一丝不易觉察的哀色，我心里"咯噔"一下，顾言汐不会出事了吧？

"顾言汐怎么了？"

他那天走得那么急，算起来也有两三天了，难道他从那里回来就病倒了吗？

我很懊恼，他身体很不好，可是我每次都忘记这一点。

"少爷他……"管家欲言又止。

我一把推开管家跑了进去。

"顾言汐！"

我喊了一声，大大的别墅里很空旷，只有我的声音在回荡。

我顺着记忆里的方向找到了顾言汐的房间，可是推开门，里面却空空的，顾言汐不在这里。

05

"顾言汐呢？"我揪着跟在我后面的管家问，"顾言汐去了哪里？"

"少爷病危了，现在住在医院里。"管家沉声说。

"医院？"我脑中轰地一阵巨响。

怎么会这样？前几天他明明还好好的，怎么会这样？

我猛地想起来，在被我自己抹去的那段记忆里，我和顾言汐第一次见面的时候，他对我说："我以为今年中秋，还是我一个人过。你挑这一天来这里，是为了陪我过最后一个中秋节吗？"

他说："医生说我的心脏有问题，我活不过十九岁。"

他明明早就告诉了我，可是我没有放在心上。因为我一次又一次地让时间回到那天下午一点半，回到那个十字路口，所以我不知道一个月之后，他的病就会严重到这种程度。

那家伙，明明身体很不好，为什么每次还要拼命地去找我？

他明明应该不记得他喜欢上我的那个情景了，明明应该不会喜欢上我的，可是为什么还要想着一定要到我身边去？

"他在哪家医院？"我发现自己的声音在颤抖，我强忍着想要让一切重新开始的冲动问管家。

"我带你去吧。"管家说，"我只是回来取东西。"

"好。"我应了一声，跟在管家后面走出顾家大门。

管家把车开得非常快，可是我总觉得太慢了。顾言汐，我不想就这样和你说再见啊！

那个时候，在山里他拉住我不让我走，不肯让我看到的表情到底是怎样的呢？

是不是心脏已经疼到极致，是不是已经意识到了什么，所以才会转身走得那样决绝？

车终于在医院的车库停了下来，我跟在管家后面一路往前跑。顾言汐住的是VIP加护病房。我推开门走进去，顾言汐就躺在那里，一动也不动。

"顾言汐？"

我轻轻喊了他一声，伸手摸了摸他的脸，温暖的触感让我放下心来。还好，他还活着。

"怎么没看到他的家人？"病房很大很豪华，可是里面只有顾言汐一个人，好像从我认识顾言汐到现在，都没有听他提起过他的家人。

我只知道他是有钱人家的大少爷，住着豪华的别墅，有管家和保镖。

"老爷工作忙，只是偶尔抽时间来。"管家的表情带着无奈和落寞。

"可是顾言汐都病成这样了！"

我无法理解顾言汐的家人。

像我和宋姨，我们没有血缘关系，可是我们从来没有过隔阂。顾言汐说，每年中秋他都是一个人过，其实那个时候我就应该想到这些吧。

"唉。"管家长长地叹了一口气，"少爷八岁那年住进顾家别墅，那之后就一直是一个人。夏小姐，你能来看他，我真的很高兴，少爷他真的很在乎你，他不让我告诉你他病危的消息。"

　　"他是星期三那天回来之后就病倒的吗？"我用力握着自己的手，感觉到自己全身在轻轻地颤抖。

　　"不是。"管家说，"那天少爷一上车就晕过去了。"

　　像是有一把刀狠狠地扎进我的心里，我疼得全身发抖。

　　为什么要让他一个人走掉，为什么那时候的我没有追上去，我怎么能让他一个人走进黑暗中？

　　那时候的我，只关心小辰的心情，只想着小辰的事情。

　　其实不只是那一次，很多次都是这样。

　　我关心过顾言汐的心情吗？他把我从黑屋里救出来，我只说了声谢谢就着急地去找小辰，我把他一个人丢在阁楼里，却还在想他为什么生气。

　　我总是将他丢在原地然后跑向小辰，我不希望小辰受到伤害，可到最后，伤了小辰的人是我，伤了顾言汐的人也是我。

　　我在他身边坐下，握住他的手，轻声说："顾言汐，你是不是打算就那样跟我道别了？"

　　管家走了出去，轻轻关上了病房的门。

　　病房里只有我和顾言汐两个人，可是顾言汐还在沉睡，就只有我一个人清醒着。

　　"他快死了。"

　　一个熟悉的声音从窗户边传来。

　　我转头看过去，只见病房的窗台上坐着一个穿白色礼服的、熟悉的男人。

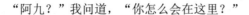
"阿九？"我问道，"你怎么会在这里？"

"我来找你啊。"阿九笑着从窗台上跳下来，他缓缓走到我身边，侧头看着病床上的顾言汐，"他好像被梦魇住了。"

"梦魇？"我看向顾言汐。

"有什么办法可以让他醒过来？"我抓住阿九的手臂问，"你一定有办法的，对不对？"

阿九盯着顾言汐的脸看了一会儿，然后将视线移到我的脸上，他想了一下问我："你喜欢他吗？"

"为什么要问这个问题？"我不解地看着他。

"你先回答我的问题，不要问我为什么。"阿九的表情有点严肃，我从没有见过他露出这样的表情。

"我喜欢他。"我答道。

"比喜欢夏染辰还要喜欢吗？"他追问了一句。

我一下子愣住了。阿九为什么要问我这样的问题？就像是在问我，小辰和顾言汐，这两个人在我心里，哪个更重要一些。可我从没想过这样的问题，因为对我来说，小辰和顾言汐都是很重要的人。

"不一样的，小辰是重要的家人。"我有些语无伦次，"顾言汐也很重要。我都很喜欢。"

阿九轻轻叹了一口气说："所以对夏染辰，只是家人的喜欢，对吗？"

"嗯。"我点点头。

"如果是这样，那么就去他的梦里将他唤醒吧。"阿九侧过身，

将我推到顾言汐面前。

"为什么一定要我回答那样的问题？"我仍然不明白阿九的用意。

他静静地看着我说："因为我不想让你困扰，如果你不喜欢顾言汐，那么就不要去看他的梦，那会让你痛苦。但如果你喜欢他，这痛苦就不存在了。"

"为什么？"我觉得我的脑细胞完全不够用了，"他的梦和我喜欢不喜欢他有什么关系？"

"有关系的，如果你不喜欢他，我就不希望你看到他的梦。"阿九说完这句话，不再解释。

然后，他说："好了，现在我送你去顾言汐的梦境，那是只有你才能进得去的地方，这个世界上，能将他从梦魇里带出来的人，只有你——夏雪瑶。"

第九章

CHAPTER / 09

星星不落时间的海

你在潮水里打捞，记忆的碎片早已拼凑不全，你说感觉比直觉更真实，有种感情，无论记忆被重置多少次，无论时间往回走多少次，都无法磨灭消失。

01

我从来不知道，原来一个人的梦也可以这样纯粹干净。

我以为魇住顾言汐的，一定是个很可怕的梦，可事实不是这样的。

那是一片苍茫的雪原，到处都开着半透明的星星花，一个七八岁的小男孩就这么呆呆地站在雪地里，他仰着头一动不动看着一个方向。

那是年幼的顾言汐，眉眼漂亮得像个女孩子，一双黑漆漆的眼眸仿佛点了墨水一样，浓得化不开。

我朝他走去，心中很困惑。顾言汐为什么会梦见雪国的风景，难道顾言汐小时候到过这个地方？我想起他说，有天醒来，手里握着一朵星星花。

会不会那时候他就误入了雪国呢？

可是一个小孩子，是怎么跑到雪国去的啊？

我压下满心的疑惑，一步一步朝他走去。

"你在看什么？"我走到他身边，声音尽量放得温柔一些。

他听到我的声音，稍稍侧过头来看我，盯着我看了好一会儿，然后抬起手指向一个地方。

我顺着他手指的方向看过去，只见在漆黑的夜空下有两道白光交错，时不时激起一阵雪花。

我愣了一下，那不是两个妖精在打架吗？不，不对，我很快反应过来，那两束白光，应该有一道是属于我的！

那时候我和如芯在雪原上狠狠地打了一架，难道这些都被误入雪国的顾言汐看到了？所以，如芯才会一直暗中关注着顾言汐，认定只要跟着他，就会找到钥匙的线索。

"你是怎么到这里来的？"我问道，"你是自己到这里来的吗？"

他茫然地摇了摇头，并不说话。

我蹲下身采了一朵星星花塞进他的手里，说："你乖乖待在这里，哪儿都别去，那边很危险，知道吗？"

他低头看着手里的花，然后冲我笑了笑。

我将他拉到一个高高的雪堆后面，再次叮嘱他不要乱跑，然后我飞快地朝那两束光跑去。现在找到芷梨，一定能问出那把钥匙的下

落。虽然我不知道这么做有没有用，毕竟这只是顾言汐的梦境，但是试一试总不会错的。

我飞快地朝那个方向奔跑，然而就在我跑到那里的时候，光已经消失不见了，满地的雪一片狼藉。

"芷梨！"我扯着嗓门喊道，"芷梨，你在哪里？你听得到我说话吗？"

"你是谁？"一个有些冷漠的声音从身后传来。

我猛地转过身，只见一个穿着深蓝色衣服的女人半坐在雪地上，她伤得不轻，脸上都是血。

我心中一喜，果然是芷梨！

"我是夏雪瑶。"我走到她身边，扶她坐起来，"我是未来的你，不过这不重要，重要的是我想知道你把钥匙藏在了哪里？"

"我凭什么相信你的话？"她冷冷地看着我，我从不知道自己这张脸，竟然还能露出那样的表情。

"你看看我的脸。"我凑近她，想让她好好看清楚我的脸，"你看清楚了吗？我有一张和你一模一样的脸，而且我知道你所有的事情，我就是你。"

"既然你就是我，又怎么会不知道钥匙在哪里？"她还是不相信我的话。

我心里暗暗着急，急切地说："关键是你和如芯打架之后，把有关钥匙下落的记忆全都藏起来了，我找不到那段记忆，领主让我找出那把钥匙，因为雪国的雪灵石坏了，必须找到新的雪灵石，否则雪国

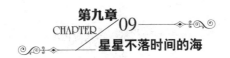

就会消失。这些都是真的，你一定要相信我！”

“你是说，我将有一段记忆会缺失吗？”芷梨若有所思地说，她忽然笑了起来，拍了拍我的肩膀说，“谢谢你提醒我，我想我知道怎么做了。”

“啊？”我目瞪口呆地看着她从我面前飘走。什么知道怎么做了，我是来问钥匙的下落的啊！

我拔腿就跟着她往前跑，可我的速度实在是太慢了，怎么都追不上她。而等我终于气喘吁吁地追到她的时候，她正跪坐在地上，看着顾言汐。

“喂，你要对他做什么？”我忙跑过去将顾言汐拉到身后，警惕地看着她。虽然我知道这只是个梦，但我还是害怕她会伤害顾言汐。

而且顾言汐是被梦魇住了，我怎么知道会不会是这段梦让顾言汐醒不过来。

“你这么紧张做什么？”芷梨似笑非笑地看着我，“我又不会把他怎么样，我就是想问问他为什么会在这里而已。”

“他是迷路来到这里的。”我说，“你还没告诉我，钥匙你到底藏到哪里去了。”

她正要开口，脸色忽地一变，跟着用手捂住嘴巴，血顺着她的指缝落下来，我忘记她刚刚经历过一场苦斗，受了很重的伤。

“也就是说，十年后的你，会需要找到这把钥匙？”她皱着眉头想了一会儿，“那我就藏在一个让你十年后能够找得到的地方吧。”

“什么地方？”我困惑地问。

　　她微笑地看着我，然后在我毫无防备的时候，一把抓住我的手臂，将我狠狠地摔了出去。我心里一阵懊恼，她在干吗，有这么对待未来的自己的吗？

　　我从雪地里爬起来，刚刚这一摔，浑身跟散了架似的疼，不是说梦里不会觉得疼吗？真是骗人，我的感觉特别真实，就像这不是梦，而是正在发生的一样。

　　正在发生？

　　我停下了脚步……

　　"看好了，我藏钥匙的地方。"芷梨的声音从远处传来，我看到她将顾言汐拉到身边，她的手里闪烁着一团白光，我看到白光的中心正是一把钥匙！

　　我张了张嘴想问她要做什么，下一秒我看到她将手伸向了顾言汐的胸口。我瞪大眼睛看着那白光裹着钥匙钻进了顾言汐的身体里，那个位置是顾言汐的心脏！

　　"放心吧，死不了的。"她微笑着说，"我会将这段记忆也封进他的心脏，十年后，这段记忆会苏醒，你就能拿到钥匙了。"

　　"可是他的心脏会坏掉的，原来有心脏病，是因为你把钥匙藏在了这里。"我焦急地说，"你换个地方吧，藏进自己的心脏不好吗？"

　　她轻轻摇了摇头，说："十年后的你，一定会明白我这么做的用意。"

　　说完，她转过身呕出一大口血，然后就倒在那里不省人事了。

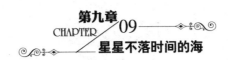

顾言汐已经陷入了沉睡，我不知道他到底是怎么到这里来的，但是肯定不能睡在这里。

我走过去抱起顾言汐，而这个时候，我的身后闪过一道白光，我回头看了一眼，只见芷梨的身体一下子变小了，她因为受伤太重，又将钥匙和记忆封印在了顾言汐的心脏里，已经消耗了太多修为，所以身体才会退回到小时候。

我知道，等到她再次睁开眼睛就不再是芷梨了，真正的芷梨在这一刻已经消失了。

02

"顾言汐，我一定会救你的。"我将顾言汐背起来，踏着厚厚的积雪往前走，"我不会让你困在这里的，我带你回家，顾言汐你听到我说话吗？"

"我在听，大姐姐。"顾言汐稚嫩的声音传进了我的耳朵。

我松了一口气，醒了就好，醒了就说明他不是被困在这个地方。

"大姐姐，这是什么地方啊？"他不解地问我。

"这是你的梦境，大姐姐是你梦里的姐姐，刚刚你看到的，都是你的梦哦。"我安抚他，"大姐姐现在就送你回家，然后你就能醒来了。"

"好。"他的手圈着我的脖子，趴在我的肩膀上，有一搭没一搭

地和我说话，说着说着，他又睡着了。

我背着他一步一步地走出雪国，上了公路之后，拦了辆车回到了那座城市，我背着他走过那个十字路口，十年前的十字路口几乎和十年后一模一样，不过这也可能是因为在顾言汐的梦里的缘故吧。

我背着顾言汐一路走到顾宅，推开门走进去，径直走到他的房间之后，将他轻轻放在了床上。我拉过被子替他盖上，将他的手放进被子里时，我看到他的手里还捏着一朵星星花。那朵花，是我之前放进他手里的。我想将花拿出来，可是他抓得很紧，任凭我怎么用力都拿不出来。

走出顾家之后，我松了一口气，现在他一定可以醒过来了吧。

然而我似乎想得太简单了，就在这时我脚下的地面开始崩塌，好像发生地震了似的，我站立不稳，眼看着就要摔进裂缝，就在这时，有个人抓住了我的手。我回过头看了一眼，立即愣住了。

抓住我的人是顾言汐，长大了的顾言汐，他牢牢地抓住了我。

一切都仿佛正在发生，真实得可怕。

"我一定会救你的，一定会救你的。"他嘴里不停地说着，"夏雪瑶，我一定会救你的，我一定可以救你的，只有我，一定只有我才可以救你！"

"只有你才能救我？"我的眼圈顿时红了，"你这个傻瓜，你知不知道你因为救我，自己心脏病发作，在家里躺了好几天。"

而且你的心脏病还是我带给你的，一想到这个我就很难受。

十年前的我，为什么要将那把钥匙放进他的心里。芷梨说，十年

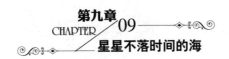

后的我一定能够明白。我想我已经明白了，我会喜欢上当年那个小男孩，我会为了他感到心痛，我会拼命想要救他，会因为想要救他而进入他的梦。

而那其实不是顾言汐的梦，那是芷梨留在顾言汐心里的记忆。

那段丢失的，我怎么找也找不回来的记忆，它就藏在顾言汐的心里。

而现在才是顾言汐的梦境，我只有将年幼时的顾言汐从雪国带出来，才能进入他真正的梦境，魇住他的梦现在刚刚开始。

阿九说，芷梨操控时空的能力是最厉害的，我现在彻底相信了，她将梦境与过去的时空联系起来，我进了那段梦，就进入了十年前，在十年前，我会见到她藏起来的全部记忆。

顾言汐将我拉上去，然后他紧紧地抱住了我。他的梦境里，没有小辰的存在，只有他和我。

他浑身都在发抖，他似乎害怕极了。

"我没事的，顾言汐，我没事。"我反反复复地对他说，可是他像是听不到我的声音一般。

"顾言汐，你听我说啊。"我用力挣开他的怀抱，用力抓着他晃了晃，"我已经没事了，顾言汐，是你救了我，这个世界上，只有你可以来救我，所以你快点醒过来啊，你醒过来，好不好？"

我感觉到一股拉力传来，紧接着身子急速往下沉，等回过神，我发现自己正坐在一张床上，顾言汐就坐在床边。

是那次吗？他将我从小黑屋里救出来，我晚上醒来的时候，他就

坐在我身边，那天他到底在我身边守了多久啊？鼻子猛地一酸，我有种想哭的冲动。

那时候的我，醒了之后就跑去找小辰了，我甚至都没有去想顾言汐是怎样艰难地才在那么偏僻的地方找到我，我也没有去想他在我身边守了多久。

夏雪瑶，你是多么的愚笨，你竟然让一个如此在乎你的人靥在这样寂寞的梦境里。

我扑过去抱住他，哽咽地说："对不起，顾言汐，我不会再走开了，我就在这里，你醒过来好不好？我不走，我哪里都不去。"

"不是的。"他喃喃地说，"你会去找你的小辰，一直都只有小辰，你看不见我的。"

"不会了，我不会再这样了。"我抱着他，用力地抱着他，"我不会让你看不见我，我就在这里，你如果不醒来，我再遇到危险，谁还能第一个找到我啊？"

"危险，是的，小瑶有危险了。"他忽然站了起来，头也不回地走了出去。

我焦急地跟了上去。

他推开别墅的门，门外的景色一下子变成了一片冰天雪地。

他飞快地在雪地里行走，一边走一边喊："夏雪瑶，你在哪里？你快出来啊！"

"我就在这里啊！"我心里焦急万分，我明明就在这里，他却看不到。

就好像之前，他明明就在我面前，我的视线却总不会停在他身上一样。

多么寂寞和绝望，多么悲伤和难过。

他终于转过身，紧紧抓住我的手："夏雪瑶，你去了哪里？我到处都找不到，你去哪里了啊？"

眼泪一下子落了下来，我说："我哪儿都没去，我就在你身边啊。"

他微笑起来，可是跟着，他像想到什么似的，将头偏到一边，紧紧地抿着唇，伸手挡住自己的脸。

我心里"咯噔"一下，这与那天他跟我分别时的情景几乎一样。

我绕到他面前，用力拉下他的手，他的眼神带着一丝挣扎，他的脸色因为突如其来的疼痛而苍白一片。他忽然松开了我的手，然后转身朝前走去。

不能让他走掉，不能让他独自离开！

我飞快地朝他扑去。

四周开始变暗，他的身影被黑色一点一点吞噬。而就在黑暗彻底吞噬他的一瞬间，我牢牢地从他身后抱住了他。

03

"砰——"

像是有人拿石头砸中了玻璃窗，黑暗在眼前碎裂成无数碎片，跟着我眼前猛地一亮，一阵强大的外力拽着我往后退，再然后我落进了一个温暖的怀抱。

我回头看了一眼，接住我的人是阿九，他此时脸色也不太好，很疲惫的样子。

我一时间分不清自己是在梦里还是在现实中，直到阿九的声音传入我的耳中："小瑶，你没事吧？"

"我没事。"我呼出一口气，缓缓走到顾言汐身边，"他为什么还没有醒来，难道我没能将他从梦魇中唤醒吗？"

"这不应该啊。"阿九皱着眉头说，"如果被梦魇住的人，在梦里被人唤醒了，就能够醒过来了。"

"钥匙。"我意识到了什么，"会不会是因为钥匙？"

"钥匙？"阿九茫然地看着我，显然不明白我为何突然扯到了钥匙上。

"是的，就是那把钥匙，我知道芷梨把它藏在哪里了。"我走到顾言汐身边，伸手指着他的心脏，"在这里，芷梨自己抹去的那段记忆，还有那把钥匙，就在这里。"

"原来在那里。"阿九恍然大悟，"怪不得所有人都找不到，芷梨还真是……"

"那要怎样才能取出钥匙？"我不解地问，"是不是钥匙取出来之后，顾言汐就会醒过来？"

"我来试试。"

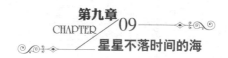

阿九走到顾言汐身边，伸出手按住顾言汐的胸口，然而一道白光狠狠地将阿九打飞出去。

"喂，你有没有怎么样啊？"我连忙过去扶起他，"你没事吧？"

"我没事。"阿九的眼神里闪过一丝莫名的光，"钥匙可能只有你自己能够取出来。"

我走到顾言汐的身边，伸手按在顾言汐的心口。而我的手才触碰到他的心口，那里就浮现出一团白光，那光很柔软，很温暖，与那光一同浮现的，是一把小小的钥匙。

"把钥匙给我吧，我去送给领主。"阿九朝我摊开一只手。

我伸手就要把钥匙交给他，然而我总觉得有什么地方不对劲。

电光石火间，我的脑海里忽然闪现出沈如芯的样子。

那时候她要跟我说什么？

她张了张嘴，那唇形应该是——

小心阿九。

在钥匙就要交到他手上的时候，我反手将钥匙握紧了，迅速往后退开好几步，一脸防备地看着他。

"怎么了，小瑶？快把钥匙给我啊。"他催促道。

"我不能给你。阿九，你到底想做什么？"

沈如芯消失之前，为什么要对我说那句话？她是如芯的傀儡，她肯定知道如芯的事情，她会跟我说"小心阿九"，一定是从如芯那里知道了什么。

有什么地方被我忽略了呢？

我绞尽脑汁地将所有事情再次想了一遍，阿九喜欢芷梨，可是芷梨喜欢大将军，他应该很讨厌大将军吧，因为大将军夺走了他喜欢了那么多年的芷梨。

"你想毁掉钥匙？"这一刹那，我想到了一种可能性，"你憎恨夺走了芷梨的雪国，芷梨为了守护钥匙而消失，雪国的领主却要和害死芷梨的凶手握手言和，你不甘心。"

"你是谁？"阿九的眼神沉了下来。

"我是夏雪瑶。"我肯定地回答他，"你和如芯是同谋，森国没有想过要和雪国停战！"

"啧啧，芷梨就是芷梨，还是这么聪明呢。"如芯的声音从外面传来，跟着一阵暴风雪从窗口卷进来，如芯的身影出现在了病房里，"钥匙给谁，对你没有什么差别，何不将钥匙给我们，这样你和顾言汐都会好好的。如果你不给我，那么你们谁都别想活着离开这里。"

"我不会给你的！"我将钥匙紧紧地握在手里，心里祈祷着顾言汐千万不要醒过来。

可是老天爷似乎每次都要和我对着干，顾言汐在这个节骨眼上醒了过来。

"小瑶？"他轻轻喊了我一声。

原本该让我高兴的声音，却叫我心一下子沉了下去。

如芯看到顾言汐醒了，立即闪电般朝顾言汐挥去一掌。这一掌她用了全部的功力，她是想要一瞬间置他于死地！

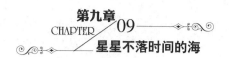
不能让他被打中！

那一瞬间，我的脑海中只有这样一个想法。我拉过顾言汐将他护在身后。如芯的那一掌已经近在咫尺，我几乎能感觉到那一掌带着怎样毁天灭地的力量。

然而就在这时，我的眼前一花，一道白光朝我扑来，在那一掌打中我之前，挡在了我的面前。

我呆呆地僵立在那里。

朝我扑过来的人是阿九，他呕出一口血来，洁白的礼服立即被染红了。

"为什么？"我错愕地看着他，"为什么要救我？"

"我也不知道啊。"他伸出手，轻轻触碰我的脸，"笨蛋，不要问我这种问题啊。"

"别叫我笨蛋。"我感到一阵揪心的疼，分不清这颗心是芷梨的还是我自己的，"明明你才是笨蛋啊。我不是你喜欢的芷梨，我是小瑶，你不该救我的。"

"小瑶就是芷梨，芷梨就是小瑶啊。"他的眼神温柔得像是能滴出水来，他说，"身体不听我控制，它自己就动了，我一点都不想救你的。"

"笨蛋阿九。"我颤抖着伸手替他擦嘴边的血，可是那血越流越多，怎么都擦不完一样，"你是坏人，为什么不坏到最后，你看我都哭了。"

"别哭。"他轻声说，"我不疼的，一点都不疼。"

"芷梨！"

月白的声音从门外传来。

接着我就感觉到一股刺骨的寒冷朝我袭来，如芯面目狰狞地朝我扑来。

"钥匙交给我！"

月白来了，领主就要到了，如芯应该知道这一点，所以一下子爆发了。

要死在这里了吗？我有些绝望地想。

然而就在如芯要触碰到我的一瞬间，一道淡紫色的光芒将我和阿九还有顾言汐笼罩住了。

是领主来了吗？

我扭头朝外面看去，然而依然只有月白和如芯的身影。这个淡紫色的结界应该不是月白制造出来的，那么会是谁呢？

不知道这个结界能够支撑多久，阿九受了如芯那一掌，又正好伤在后心，此时已经陷入了昏迷。

现在只能祈祷领主快点到来。

我动了一下，"啪嗒"一声，有什么东西掉在了地上。我低头一看，是沈如芯留给我的香囊。

此时我才发现，那淡紫色的光是从香囊里透出来的。

沈如芯说："这个是我亲手做的，你一定要带在身边。"

直到现在我才知道，沈如芯到底留了什么给我。她没有说谎，她是真的将我当成了她的朋友。

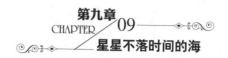

我将香囊捡起来，紧紧地捏在手心，哽咽地对着香囊说了一声"谢谢"。

04

领主是在月白快要支撑不住的时候来的，她是挟持着森国的领主一起来的。如芯不得不停手，和森国领主灰头土脸地离开了。

我将钥匙交给了领主，问她："我怎么做才能救阿九？"

领主查看了一下阿九的伤势，最后无奈地摇了摇头。主要是阿九受伤的位置太棘手，阿九就算能够活下来，也会损失很多修为。

"别担心，妖精比你想象的要坚强。"领主安慰我，"我和月白先回去了。你呢，你以后打算怎么办？"

"她会留在这里。"顾言汐抓住我的手将我拉到身后，他看着领主从容不迫地说，"不管她是什么人，我都要她留在这里。以后我在的地方，就是她的容身之处。"

领主将目光落到我的脸上。

我想了想，对她说："我不是芷梨，我是夏雪瑶。"

她沉默了一下，然后轻轻地点了点头："我想我知道了，你放心，不会有人来打扰你的。再会了，芷梨。"

"再见。"我站在原地，目送领主和月白离开。

"你全都知道了？"我扯了扯顾言汐的手臂，"你知道我其实是

青丘国的大妖精？"

他指了指我的耳朵，微微笑了起来："刚刚在梦里，我都知道了。原来那朵花，是你给我的。"

"那时候，你说我长得很像一个人。"这时候我终于回过神来，"你该不会记得小时候遇见我的事情吧？"

"我以为是梦。"他说，"我那时候觉得，你长得很像我在梦里见到的那个大姐姐。"

"原来，我像的是我自己。"我不禁莞尔一笑，"对不起啊，那时候将钥匙藏进你的心里，害得你这么多年心脏一直很不好。"

"你要怎么补偿我？"他似笑非笑地看着我，"你看，我为你心疼了十年，你准备怎么还我？"

"我还你一百年吧。"我想了想说，"十年换一百年，你不吃亏哦。"

"嗯，那可不见得。"

"不然你想要我怎么还你？"

"嗯，我还没想好，等我想好了再说吧。"他笑得像只狡猾的狐狸。

"对了，十年前你为什么会出现在那个地方？"我想起一件让我觉得很困惑的事，"如果说小辰的家离雪国比较近，容易误入很正常，但是这里离雪国很远呢。"

"我也说不清楚为什么会到那里，事实上我八岁那年才搬进那栋别墅。"顾言汐一边想一边说，"我记得那时候我对别墅很好奇，到

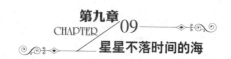

处跑，后来跑到了仓库里，不知不觉睡着了。醒过来，就到了那个都是雪的地方。"

"仓库？"我想起那个被废弃的仓库，我记得管家跟我说过那个仓库被封起来的原因，他说是有一年，少爷在那边玩的时候受伤了，所以才将那个仓库封起来不用的。

"走，我们去你家仓库看看。"我隐约觉得那个仓库有问题。

"阿九就留在这里吗？"顾言汐指着被我搬到病床上的阿九问，"要不要找个医生来看看。"

"千万别。"让医生给妖精看病，别逗了！

"妖精有自愈能力，让他在这里睡一会儿吧。"我说着，拉着顾言汐出了病房。

这并不是说笑，当初我被如芯打成重伤，后来虽然变回小女孩的模样，但我的伤可全都好了。

我和顾言汐出病房的时候，正打算进病房的管家吓了一跳，他不可思议地看着顾言汐，原本医院都下了病危通知单的人，现在竟然好了？

"管家，告诉我爸一声，就说我没事了。"顾言汐吩咐了一声，"走吧，我们回去吧，那间病房暂时不要退，也别让任何人进去。"

"好。"管家说着将目光投到我身上，他满脸困惑，显然是打算从我这里得到解答。

不过我也不知道从何说起，索性装作没看到他疑惑的眼神。

车一直开到顾家别墅外面，我和顾言汐下了车，直奔仓库而去。

管家跟在我们后面，跑得气喘吁吁。

仓库的门有些腐朽了，一把生了锈的锁挂在上面。

"钥匙还在吗，管家？"顾言汐回头问管家。

"钥匙怕是早就没有了，不过要打开也容易。"顾言汐的病好了，管家很高兴，一直以来都是管家照顾顾言汐，大概在管家眼里，顾言汐已经是亲人了吧。

不知道管家从哪里找来一把斧头开始砸门。

我忽然想起我和顾言汐真正意义上的第一次见面，要是他也记得该有多好呢？

那时候我对他说，我是你未来的恋人，你将来还得好好的。

"门开了。"管家将斧头丢到一边，"这里有什么东西吗？"

"没有，管家你去准备点吃的吧，我睡了很久，饿了。"顾言汐把管家打发走了，只剩下我们两个人。

他走在我的前面，拉开仓库的门，里面散发着因为长久不打开而生出的霉味。

十年前，八岁的顾言汐在这里睡着了，却误打误撞地去了雪国。这个地方，到底藏着什么东西呢？

我弯腰捡起管家扔在地上的斧头拿在手上，跟着顾言汐走进去，在里面转了一圈，并没发现有什么特别的。

"咦。"我推了推仓库的墙壁，发现是活动的，"你让一下。"

我将斧头丢下，试着推了推墙壁，却推不动。我怒了，拿起斧头就砸了下去。"轰隆"一声，那面墙倒了，阳光从缝隙里射进来。在这个小小的角落里，出现了一个光怪陆离的世界。

我终于明白，为什么十年前顾言汐会误入雪国了。

这个小小的角落里都是白白的积雪，从这里可以看到雪国碧蓝的天空，雪地上开着一朵半透明的星星花，不过星星花的颜色是无色的，这里应该是雪国的边缘。

雪国是因为雪灵石而存在的，那其实是一个与人类世界平行存在的世界，处于边缘处的结界会稀薄一些，就会出现这种和人类世界重叠的情况。

而这个结界的位置，就在当初芷梨和如芯打架的地方，那时候她们打得天昏地暗，将那本就稀薄的结界打坏，露出一个缺口，正好被在仓库里的顾言汐发现了。他踩着被我打坏的结界，踏着满地白雪走进了妖精国，原来是我自己将他带进我的世界的。

"原来是这样啊。"我朝前走了一步，站在边缘处，能够感受到雪国的微风吹在脸上。

顾言汐忽然抓住了我的手，将我往后拉了一下。我回头看着他，有些不解。

他有些别扭地偏着头，说："以后这个地方就封死吧。"

我心里莫名地一暖。他是在害怕吗？害怕我从这里走进雪国，然后就不会再回来了吗？

"好啊，封死。"我说，"走吧，我也饿了，好久没吃饭了，管家应该做好饭了吧。"

"嗯。"他轻轻点点头，拉着我的手一直不肯松开。

"这个地方，一定要封严实了。"我听到他嘀咕了一句。

05

吃过饭，我对顾言汐说："我回去一趟，还有些话要和小辰说。"

顾言汐抓着我的衣袖不说话，但就是不松手。

"我很快就会回来，三个小时好不好？我所有东西都在小辰那里啊。"我耐心地和他解释，"而且，小辰还在等着我的答案。"

"两个小时。"他跟我讨价还价。

"那就两个小时吧。"反正只要出了顾家大门，就算多待一会儿也没关系，得先让他松手才行。

顾言汐听我这么说，果然松了手。

回去的路上，我一直在考虑怎么和小辰说。因为顾言汐说什么也不肯让我再和小辰住在一起了，况且我答应过他，十年换百年。

而且我似乎也不太适合再继续和小辰在一起，因为我无法回应他的感情，朝夕相处免不了尴尬。

我要怎么跟他解释我和顾言汐之间的这些事呢？还有我其实不是人类这件事，要怎么才能让他相信？

虽然我知道他在研究九尾狐，知道他见过星星花，可是亲口告诉他我就是九尾狐，还是有点说不出口。

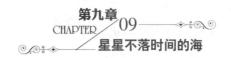

一路纠结到家，今天是周末，这个时间小辰肯定在家。

打开家门，小辰果然在，他见我回来，原本在整理东西的手就顿了顿。

"你要去哪里？"客厅里放着收拾好的行李，那些都是小辰的东西。

"我考虑了很久，我想我还是搬走比较好。"小辰说道。

一时间我和他都沉默了，尴尬的气氛在客厅里弥漫开来。

"你不用搬走，应该从这里搬走的人是我才对。"我往前走了一步，还是决定将想说的话都说出来，因为我不知道，如果我现在不告诉他，将来是不是还有机会跟他说。

"对不起，那天从你面前逃走。"那天，他说喜欢我，我却惊慌失措地逃跑了。我将小辰一个人留在黑暗中，那时候的他是怎样的心情呢？

"我被吓到了，因为我从没想过小辰你会喜欢我。"我低着头，看着自己的脚尖，"你看，我什么都不会做，吃的不会做，衣服洗不干净，甚至回家都不认识路，你看我这么糟糕，可是小辰你样样都好，那么好的你，怎么可能会喜欢我呢？"

"我怎么能不喜欢你呢？"他接过我的话头说，"小瑶，你一定不知道我有多喜欢你。"

"可是对不起。"我不想让他难过，但我更不想让他对我抱有期待，我不能回应他的感情，那就早早地让他知道这一点，"在我的心里，小辰你是家人，是很重要的家人。"

　　"我知道。"小辰轻轻点点头，"我知道的，但我想我还是会喜欢你的。"

　　"为什么？"我不明白，我告诉他这些，就是想让他不要再继续下去了。

　　"因为这是我欠你的。"他静静地看着我，像是要将我的一切都记在脑海中，"我一辈子都欠你。"

　　我惊讶地看着他："是我欠你才对，是宋姨收留了我，她将原本应该属于你的爱分了一大半给我，怎么都是我欠你们才对。而且小辰，你不知道，其实我不是……"

　　"我知道，我全都知道。"他打断我的话，说，"我知道小瑶你不是人类。"

　　脑中轰的一声巨响，我难以置信地看着他。我来时无比纠结，不知道该怎么告诉他我不是人类这件事，我从未想过他会说出这样的话。

　　"你是什么时候知道的？"

　　"什么时候？"他轻轻笑了起来，"明明从一开始就知道啊。"

　　一开始……一开始是什么时候？

　　"不止我，我妈她也知道。你知道她为什么会对你那么好吗？"他低声说，"因为她也欠你，我们都欠你。"

　　"到底是怎么回事？"我一头雾水，努力回想，可是记忆尽头除了一片荒芜的雪原，我什么都想不起来。

　　"小瑶，你还记得第一次见到我，是什么时候吗？"小辰问我。

我想了想说："是宋姨牵着我去见你的，她说这是小辰，以后小辰是哥哥，因为哥哥会保护妹妹的。"

"不是的，不是那个时候。小瑶，现在我告诉你，把那些事情全部告诉你。"他将包放在一边，然后在沙发上坐下，我预感他会说很长的话，于是走过去在对面的沙发上坐下。

"我本来在十年前就会死去。"

这是故事最开始的一句话。

十年前，小辰八岁，因为遗传了宋姨的哮喘病，所以身体一直都很差，就算宋姨把家搬到山里，每天呼吸着最新鲜的空气，也无法阻止他的病情继续恶化下去。

宋姨每天都很难过，她以为小辰活不下去了。

直到有一天，那是冬天的一个晚上，有个人敲响了木屋的门。

宋姨开门之后，看到一个七八岁的小女孩站在那里，她的怀里抱着一大捧星星花。

宋姨认识那种花，因为她的老家就在那个山村，小时候经常听老人们说，这附近有一个妖精国，里面开着一种半透明的花，而且经常有迷路的小妖精走到人类世界来。

老人们还说，妖精的一滴血就可以救一条命。

宋姨见到那个小女孩的时候，非常高兴，她将小女孩领进了家门。当然一开始她不确定传说是不是真的，直到小女孩将星星花放到了小辰的床边，原本一直做噩梦的小辰，一下子就安静了下来。

那个小女孩有一对尖尖的耳朵，那种耳朵，只有妖精才有。

宋姨拜托小女孩救救小辰，小女孩很善良，她割破了自己的手，可是后来那血怎么都止不住，眼见着小女孩的脸色越来越苍白，宋姨急坏了。

好在后来那血慢慢止住了，但是小女孩发起了高烧，因为她不是人类，所以宋姨不敢送她去看医生，小女孩有段时间就快要病死了。但奇迹似的，几天之后，小女孩好了起来。

于是宋姨收养了小女孩，并且给她起了个名字叫夏雪瑶——从雪国唱出的美丽歌谣。

小辰喝了小女孩的一滴血，哮喘真的好了，可是他永远记得她发高烧时苍白的小脸。

他告诉自己，他的命是她给的，他要用一辈子去偿还。

他小心地守护着小女孩是妖精的秘密，他知道小女孩在受伤的时候，耳朵就会变成妖精的耳朵，但是伤口愈合之后，耳朵就会变回人类耳朵的样子。

然后不知道是什么时候，他发现他喜欢上了她，可是她并不知道，于是他就沉默着，继续守护她。

小辰的故事说完了，我却还是想不起这段过往，大概是因为那时候我的意识刚刚形成，一切都还是朦胧的、混沌的，所以不记得那些事了。

"你不用自责，也不用觉得有所亏欠。"我说，"一滴血的债，你们也早就还完了。你们收留我十年，将我宠上了天。我会流血不

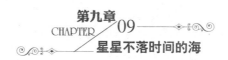
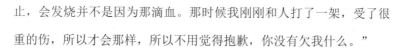

止，会发烧并不是因为那滴血。那时候我刚刚和人打了一架，受了很重的伤，所以才会那样，所以不用觉得抱歉，你没有欠我什么。"

我想起那次在顾言汐家，我的额头被擦伤，小辰来接我，打开门的瞬间，他从后面抱住我的脖子，那时候他其实是不想让人看到我的耳朵变成妖精耳朵的样子吧。

"你把我保护得很好，你知道吗？这十年来，我自己都不知道自己是个妖精，我以为自己是个人类。"我不好意思地笑了笑，"你知道吗，我看到自己耳朵的时候，吓了一大跳。"

"小瑶。"他轻轻喊了我一声，"不要安慰我。"

"没有安慰你。"我摇了摇头，"我说的都是真的，所以不用觉得欠我什么，这十年来，谢谢你的照顾。"

"为什么顾言汐可以，我就不可以呢？"末了，他问我。

心轻轻颤了颤，我张了张嘴正要说话，一个声音抢在我前面开了口。

"就像我总能比你更快地找到她，喜欢这种事是毫无道理可言的。"顾言汐的声音从门口传来。

我猛地回头，这才发现之前进屋都没有关门。

"两个小时到了，我来接你回家。"他靠在门边，似笑非笑地看着我。

好吧，败给他了。

"小辰，和宋姨说，不要觉得亏欠我什么。"我对小辰说，"还有，你们永远都是我最重要的家人，无论我在哪里，我都会守护你们。"

"再见，小瑶。"小辰的眼圈红了，他慌忙背过身去，"我就不送你了。"

"嗯，再见。"过往的点点滴滴在眼前浮现，当初能够遇到宋姨，能够遇到小辰，真的太好了。

顾言汐抓住我的手，拉着我走了出去。

下了楼，司机将车停在路边，顾言汐打开车门让我先进去。我上了车，手却碰到了一团毛茸茸的东西。

我低头一看，顿时吓了一大跳！

那是一只通体雪白的狐狸，它的皮毛非常漂亮，就是有点无精打采的，它的眼睛是冰蓝色的，干净剔透得像是冰雪做成的，身后拖着两条蓬松的大尾巴。

"阿九！"我惊喜极了，俯身将狐狸抱起来，使劲揉了揉它脑袋上的白毛，"太好了！你没事真是太好了！"

虽然九条尾巴变成了两条，但至少他还好好的。

"回家。"顾言汐在我身边坐下，毫不客气地伸手将阿九往我脸上蹭的尖嘴巴推开。

"两只笨狐狸，以后我在的地方，就是你们的家，知道了吗？"

知道啦，你在的地方，就是我的容身之所。

阿九换了个舒服的姿势，甜甜地进入了梦乡。

疯狂游乐场 以茶会晴

编辑拜读完七日晴的最新力作《七情记》，对里面各种风格的美男子念念不忘，所以迫不及待要跟大家分享，所以才有了下文，请跟编辑一起愉快地玩耍吧！

请按照你的第一直觉挑选一种编辑列举出来的名茶，看一看谁会成为你的跨时空恋人！

A. 火青茶 //////////////// B. 祁门红茶 //////////////// C. 云雾茶

D. 普洱茶 //////////////// E. 蒙顶茶 //////////////// F. 碧螺春

G. 龙凤团茶

测试结果：

选择A的小伙伴，你的跨时空恋人是温润随和的才子汪士慎哦！作为恋人的他虽然不太会制造惊喜浪漫，但绝对温柔专一。只要认定你，不管你提出的要求合理或是不合理，他都会一一满足你！

火青茶是汉族传统名茶，中国十大名茶之一，属于珠茶，起源于明朝。

选择B的小伙伴，你的跨时空恋人是倔强而坚强的死士王著哦！他或许身份不够出色，背景不够强大，却有一颗爱你到老的心。无论碧落黄泉，他誓死追随。

祁门红茶是我国传统功夫红茶中的著名品种，被誉为"祁门香"。

选择C的小伙伴，你的跨时空恋人是忠厚正直的蔡襄哦！他可能比较迟钝，不太懂女孩子的心思，但是倘若他明白了自己的心，必定深情不负。

云雾茶因产于南岳的高山云雾之中而得名，古称岳山茶。从唐代起成为向皇帝朝贡的"贡品"。

选择D的小伙伴，你的跨时空恋人是深情霸道的帝王苻坚哦！可能他什么都不说，甚至一些做法会让你觉得过激，但是请不要怀疑他爱你的心。他甚至可以颠覆整个天下，只为你一笑。

普洱茶又名滇青茶，属于黑茶类，因原运销集散地在普洱县，故名普洱茶。

选择E的小伙伴，你的跨时空恋人是心怀天下的王安石哦！他有满身的抱负，或许会因为自己的理想而忽视你，却会为你挡下所有的伤害！

蒙顶茶是汉族传统绿茶，产于四川省雅安市名山区蒙顶山，有"仙茶"之誉。

选择F的小伙伴，你的跨时空恋人是野心勃勃的赵匡胤哦！他目标明确，能力出众，他知道自己最想要的是什么。在这个过程或许会先离开你，然而时过境迁，终有一天他会明白你到底有多重要。

碧螺春是中国传统名茶，中国十大名茶之一，唐朝就被列为贡品。

选择G的小伙伴，你的跨时空恋人是痴心不悔的蔡京哦！一见倾心不能忘，哪怕是在错的时间遇上了对的人，他都会义无反顾。若你不能留在他身边，纵然是刀山火海，他也会去找你！

龙凤团茶是北宋的贡茶，皇家御用，后被散茶替代。

编辑几乎是一口气读完了七日晴的《七情记》，到现在还沉寂在书中那一个个缠绵悱恻、荡气回肠的故事里。
这里有比《华胥引》更动人的爱情，有比《花千骨》更深的宿命纠葛！
还等什么？快快直奔书店，把七日晴的新书抱回家吧！
七次不同寻常的穿越，七段缠绵悱恻的情缘！

继《**寻找前世之旅**》后，第二部广受好评的浪漫时空小说经典！

她在他的人生里步步惊心，他在沧桑历史里执着等待。
一杯"七情茶"，奏响一曲酣畅淋漓、穿梭时空的浪漫欢歌。

寻觅等待千年，不若此世相逢，相望一瞬间。

七日晴 出道创作第七本纪念之作——《七情记》！

内容简介：

平凡的女高中生陆佳宜，因为不小心打破祖传的天青茶碗，引出了陆家祖灵——茶圣陆羽。风度翩翩的茶仙竟然就此缠上她，使得平静的生活一去不复返……
无奈之下，陆佳宜随身携带三足金蟾的茶宠，开启了一段段寻找七情古茶的时空旅程。温润如玉的才子书生，霸气不羁的未来权相，貌美善战的王将……她寻找着茶圣祖灵需要的古茶，也搜寻着这些倾心绝艳之子的爱棋喜恶等情感。但明明立誓低调当一个过客完成任务的她，还是不小心吸引了某个"危险"人物的关注……
一杯七情古茶，饮尽人间的悲欢和爱恨，七段时空异旅，看遍盛世的繁华与衰灭。
到最后，是谁成为了谁的过客，是谁颠覆了谁的人生？

论如何采访一只抱抱熊

你的心底，会不会住着一只可爱的抱抱熊？

它陪你一起长大，陪你睡觉，陪你玩耍，分享你所有的故事。
那么有没有可能，其实在抱抱熊里面，其实住着一只精灵呢？
在巧乐吱《蜜炼甜心抱抱熊》的世界里，
答案是——有！
让我们跟着**布吉岛学院**的记者，一起来采访一下这只精灵抱抱熊吧！

主持人： 你好，请自我介绍一下吧。

甜心： 我叫黎甜心，现在是布吉岛学院学生会长黎休一家的抱抱熊。咔嚓咔嚓（吃东西的声音），其实我的本质是一只精灵啦。

主持人： 那……你为什么会得到我们休一大人的青睐呢？

甜心： （拍拍手上的碎屑）依我看的话，就是长得好看呀。跟黎休一出去的时候，好多女生都会围过来看我（你想多了），还会给我很多好吃的（那是给休一的），还会争着夸我（那是为了引起会长大人的注意）……

主持人： （满头大汗）这样啊……那你再说说……你有什么缺点吗？

 甜心： （又拆开一袋零食）缺点？没有啊！咔嚓咔嚓……我可是休一从小到大的好朋友呢，连西欧蕾有时候都会嫉妒我们之间的关系……咔嚓咔嚓……我陪着休一干了很多事情啊。

主持人： （终于露出笑脸）是吗？那你快跟我们说说休一大人平时喜欢玩什么呢？这么温柔的休一，平时应该很安静吧？

 甜心： 安静？咔嚓咔嚓……他很少有安静的时候呀，不是在给西欧蕾打电话，就是在跟我睡觉啊……咔嚓咔嚓……哦，对了，他还喜欢……

突然插入的黎休一： 甜心，你怎么在这里？（扭头看了看主持人，温柔一笑）我有点事情要带甜心先走了，可以吗？

主持人（满眼粉红泡泡）：可以，可以，休一大人，你说什么都可以呀！

甜心： 咔嚓咔嚓……为什么啊？她刚给我好吃的，我还没吃完呀……咔嚓咔嚓……

黎休一： 欧蕾刚刚烤好了草莓芝士蛋糕，你要不去的话……

甜心： 去去去，欧蕾做的最好吃啦！休一我们快跑吧！

呆住的主持人和群众：甜心和休一大人……

 好帅啊！

Bilibili 聊天室

又是一年好时节，烟花三月下扬州！哈哈——我这次可是给各位读者带来了许多的福利！

来，仔细看看你们有没有上榜吧！另外，还有西小洛携带着她的好友奈奈闪亮出场！

那么，千古难题来了！假如西小洛和奈奈同时掉进了油锅里，你们该怎么办呢？是炸了吃吗？反正我是饿了，准备先下手为强！

 新书知多少  《假若时光不曾老去》里的那些事

@编辑

准备好了吗？有请小洛闪亮登场！

@merry_西小洛

呃……大家好！

@【西瓜】顾念

小洛！这次的男主角、女主角有没有残疾励志故事？

@merry_西小洛

有吧……毕竟"脑残"也是一种残啊！男主角司城初登场，给我们女王大人顾也凉的就是这种印象。

@【西瓜】陌白浅

我的问题，西小洛在写完这本书后，内心的感触是什么？

@merry_西小洛

你等待的那个人只要是对的，等多久都没关系，因为，这就是一个关

于等待的故事啊！

@【西瓜】顾念 ★

是发生在校园里还是校园外的故事？来点职场上的也不错哦，像小洛第一本转型作品《后来我们还剩下什么》那样，就很好看啊！

@merry_西小洛

是发生在大学里的故事啦！其实，大学就是一个小小的职场啊。虽然不是"后来"那种真正的职场，但是比之前满满都是少女心的《有你的年少时光》那种特纯粹的小暧昧的校园故事要凶猛很多哦！

@樱络XXXXX的小心情

呃，凶猛……那，小洛，这本小说里男二号是不是"暖男"啊？可以多透露一点信息吗？

@merry_西小洛

绝对的"暖男"，像《你是我回忆里的风景》里的男二号许泽安那样的"暖男"。哦，对了，女主角顾也凉的初吻就是给了男二号宫杰！男二号啊！不是男主角！

@尾巴上长了泡

小洛大人，是悲剧还是喜剧啊？

@merry_西小洛

都是喜剧，但是后面上市的《彼时年少，守望晴天》结局比较悲伤。

② 作者私人房　你所不知道的秘密

@编辑

嗯，第二个环节。等待已久了吧，各位？

@merry_西小洛

隐约感觉很不安……

@编辑

嗯，第二个环节。等待已久了吧，各位？

@merry_西小洛

隐约感觉很不安……

@【西瓜】顾念

小洛有没有男朋友？小洛在魅丽优品最喜欢的人是谁？

@merry_西小洛

看我欲哭无泪的样子！男朋友……结婚了，新娘却不是我，come on，跟着我一起唱起来！一起摇摆，一起摇摆！哟，哟！我当然最喜欢我自己了……

@【西瓜】杏然

小洛的真名叫什么？

@Merry_西小洛

叫天天不应，也叫地地不灵！

@樱络XXXXX的小心情

小洛乖，该吃药了！

@Dream

小洛乖，该打针了！

@红红火火恍恍惚惚的我

小洛乖，该去医院了！

③ **油锅互动摊** 小洛和奈奈都掉进油锅，怎么办啊

@编辑

这种难题，跟问你妈妈和女朋友同时掉进水里先救谁是一样的吧？

@【西瓜】简霖

掉进油锅里，我选择关火。

@尾巴上长了泡

把奈奈和小洛炸成"金黄脆"，周六早上，只要九块九！

@Merry_西小洛

你是安小晓变的吧？这么爱吃……奈奈，我无比善良地帮你！

@奈奈_NANA

油炸"金黄脆"的那个，放学后在校门口等我！

@跟我一起去浪吧

等等，我去问问我朋友们喜欢孜然还是胡椒粉……

@Merry_西小洛

已经不想跟你们这群人类说话啦！

@奈奈_NANA

已经不想跟你们这群人类说话啦！

@【西瓜】木讷

你们太过分了，怎么可以油炸奈奈姐和小洛姐呢？应该捞起来清蒸，清蒸的吃了健康，不长胖！

@奈奈_NANA

我想离开这个了无生趣的世界，心好累……

@Meryy_西小洛

别走！别走！请带上我！

@【西瓜】木讷

编辑，留住洛姐！

@编辑

已经被你清蒸了……

OVER——全剧终

看新书，赢礼物！晒出你们手上《假若时光不曾老去》的封面以及你们成长里有趣的故事，可以@Merry_西小洛，赢得小洛亲自拍摄的唯美明信片，赢取各种各样的惊喜大礼包哦！

"你似"疑点大猜想

1. 叶向身上究竟隐藏着怎样的秘密，让他变成绝情冷血的人？

2. 传闻中死去的少女和叶向究竟是什么关系？

3. 象征求和的日记究竟落到了谁的手里，让他们彼此错过无法回头？

关于这些疑点，都会在《你似星辰大海》中一一揭晓，快转动你们聪明的小脑瓜，看看谁能当"福尔摩斯"！

她一路披荆斩棘走向他，耗尽了自己所有的气力，却换不回一句"我爱你"。

当爱情落入现实，是坚守还是放手？
她绝望离去，多年后却得知他的背弃另有隐情。
迷雾散去，真相降临，等待她的究竟是破晓的曙光还是更深的黑暗？

现已全国热卖当中

伤情天后锦年用最锋锐的笔调，谱一曲青春路上最悲凉的哀歌：

《你似星辰大海》

听说最近流行师徒恋哦

尊上、尊上！东方、东方！杀姐姐、杀姐姐……

哎呀，这个暑假都被《花千骨》里的一众美男霸占了，几乎每天都在替女主角小骨发愁到底该选哪一个……

深情温暖的东方可谓满足了所有妹子对男朋友的幻想，总是在第一时间冲出来为小骨排忧解难，必要时刻还充当"人肉挡箭牌"！

而"霸气侧漏"的六界第一美人杀阡陌，倾尽一切愿意为花千骨挑战各界的决心和霸气，以及由此散发出来的魔君气场，实在让人无法不折服和感动啊！

可惜的是，我们都太过多虑，也是白操心了，因为自始至终小骨爱的人，一直都是冰山美男师父白子画啊！

师父师父，不要吃醋，我永远只做你一个人的小石头。

在这个故事里，有太多温暖且绝决、仁慈却固执、美好而绝望的爱情。可是哪怕爱的记忆再悲伤，故事里的人仍会坚持，不肯放手，不肯遗忘，直至痊愈或者病入膏肓。

总而言之，言而总之，《花千骨》这个电视剧，真的堪称"师徒恋"的巅峰之作，煽情到死，搞得人"不要不要"的！

大家是不是觉得这样勾死人的师徒恋，再来一打都不够呢？就算不能来一打，至少先来一两个弥补一下意犹未尽的心情吧！

于是乎，我们体贴可爱的唐家小主经过几十个日夜的奋笔疾书，终于写出了一段欢快又暖心的师徒恋新篇章——《上仙请留步》

先来看看主角介绍，有没有一款吸引到你！

男主 龙非羽

剑眉星目的美少年，白晰的皮肤，蓝色的道袍，雪白的长发，风姿绰约，亮瞎大家的眼。前世是天庭的龙太子，因为陷入情感纠纷，被贬下界历劫，因此结识了爱到处闯祸的"灵音"神女，并被她牢牢地定义为所有物！

男配 戚少翔

大眼帅哥，一身玄色的长袍，明明年纪很轻，却要故作老成。魔族的王子，因为不小心吃掉了苏苏的一块灵识，想尽办法希望找到灵丹能帮助苏苏起死回生，搞笑二人组之一。

男三 温子然

白衣乌发，宛如天神降临，笑容如同春风，颇受百姓的欢迎。前世是龙非羽的师兄，表面温润如玉，却暗中策划了一切，陷害苏苏后，还想让她永远灰飞烟灭。

女主 苏苏

前世是神女，长相乖巧，笑的时候眼睛眯成一条缝，好奇心害死猫说的就是她。被贬下界后成为一朵太岁，也就是肉灵芝，成为天下妖魔疯抢的对象，做了龙非羽的"根本"后，被他赏赐了一个华丽的外号"肉肉"。

女二 百草仙子

清丽脱俗，表面是心地善良的仙子，实则暗藏私心。爱慕龙非羽，识百草，医术高明。

编辑我好人做到底，顺便剧透一下，感兴趣的快看过来吧

这是一个欢喜冤家狭路相逢，偏偏最后看对眼的欢快搞笑故事。

苏苏是一朵肉灵芝，也就是传说中的太岁，据说吃了可以增加修为，因此成为了天下妖魔疯抢的对象。她一直小心翼翼地活着，然而某天还是被狐妖发现了。为了师父和师姐妹的安全，她只得孤身离开道观。

逃命的途中，她遇到了上仙龙非羽，于是想尽办法跟着他，忍辱负重地开始了自己被逼为奴的悲惨日子……

龙非羽最初认为，自己只是单纯想要保护苏苏不被妖魔吃掉，好增加他斩妖除魔的难度，不料最后却对她动了真心。

只是，随着百草仙子和温子然的出现，一段有关苏苏和龙非羽前世的渊源也随之揭开……

哎呀呀，又是一段纠结的师徒恋，还好这个结局算是美好的。
想知道苏苏和上仙大人如何冲破一切阻碍修得圆满，就一定要记得关注唐家小主近期新书

《上仙请留步》哦！

末了，编辑再奉送一张偶然间百度看到的图"古华采访录"，有没有觉得很可爱呢？看完之后，编辑也好想拐个可爱的师父回家呢！

今天，你抢书了吗？

【飓风袭来】——

——《亲爱的，不再亲爱》火热上市啦！

正是中午时分，编辑部上空萦绕着一股肉香味，其浓郁程度可绕室三日，绵延不绝。

忽然，一道火红的影子飞速跑过，五秒钟后，半空中传来令人惊骇的笑声。

【八卦妹】：（笑容满脸）喂喂喂……大喇叭，今天你抢书了吗？

【大喇叭】：（白眼一翻）啥？我只听说过抢饭抢菜，没听过谁抢书的。你是不是出门忘记吃药了？

【八卦妹】：节日大酬宾，各大售书网站、书店超低折扣，你竟然不知道？看，我手中这本，可是**陌安凉**最新出的小说《**亲爱的，不再亲爱**》！封面设计很漂亮吧？

【淡定哥】：（闻言凑了过来）哎呀，这个作者我眼熟啊，她之前还出过其他的书，故事编得不错，接地气又扣人心弦。

【大喇叭】：你跟谁都眼熟，天上的牛都在飞啊！

【淡定哥】：说谁吹牛呢！我随时能讲出它的主要内容，你信不信？听好了，这本《亲爱的，不再亲爱》，主要叙述了四个少女和三个少年的青春成长经历，有爱情的泥沼、友情的危机、亲情的无常，还讲述了安小笛、苏云锦……咦？还有谁来着，反正就是讴歌青春、高扬梦想，对吧？

【大喇叭】：（敲了淡定哥额头一个栗暴）叫你装！看本姑娘的弹指神功，弹崩你的脑仁儿。

【淡定哥】：嘿嘿……一般般啦。你不戳穿我的话，我们还是好朋友。

（两人正闹着，发现八卦妹安静得很诡异，大喇叭顿时伸手突袭过去。）

【八卦妹】：哎哎哎，别闹，我正看到精彩章节！再闹，我把你从窗口丢出去！

【淡定哥】：（好奇）什么精彩章节？

【八卦妹】：苏云锦和安小笛数年痴缠，终于被横空出世的保康祺破坏了！说起来，保康祺的大胆追求好精彩、好搞笑，安小笛完全无力招架嘛！要是有这么一个男生追我，那该多好，嘻嘻……

【大喇叭】：是好，好得不得了——你晚上做噩梦，白天做白日梦，八卦妹，你够了吧！

【八卦妹】：（怒气冲冲）怎么说话的！本姑娘能扛桶装水，能徒手捉流氓，能撒娇卖萌，能诗情画意，出得厅堂下得厨房，有男生追不是很正常吗？

【淡定哥】：那现在有人追吗？男生呢？人呢？人呢？（故意东张西望）

【八卦妹】：（尴尬，狡辩）那个，那个……掐指一算，时机未到。

【淡定哥】：（幸灾乐祸）想知道原因吗？过来，我告诉你吧，因为你丑！

（淡定哥大叫完，跟兔子一样逃出门去。八卦妹过了半天才反应过来，一把扔掉书，抄起门边的扫帚追了出去）

【八卦妹】：（气急败坏）站住！你有本事别跑！

【大喇叭】：（笑得上气不接下气）说好的等男生追呢！八卦妹，学学书里的安小笛啊，你怎么倒追淡定哥去了？今天最后期限，快来抢书啊！哈哈哈……

（远处传来一声惨叫）

日落の海边小剧场

最近办公室里频频传出大家恋爱的消息呢，看得我是羡慕加气愤啊！你们这是集体嘲笑单身狗吗？呜呜呜！哼，没关系，我等着你们给我发糖就够了！可是……可是……海边这一对是要搞什么？我怎么看不懂？

| 时间：云雀回国前八天 |
| 地点：学校 |
| 事件：十年后重逢 |

十多米，两米，五十厘米，十厘米。
十年后的重逢，云雀在几十米开外就一眼把舒海宁认了出来，可是，随着距离越来越近，甚至面对面擦肩而过，舒海宁一次都没有认出云雀。再一次在走廊上擦肩而过时，他终于离去又折返，给了云雀一个超级大的再会拥抱。

希雅：喂喂喂，舒海宁，你是故意这么调戏我们家云雀的吧？

| 时间：暑假 |
| 地点：海边 |
| 事件：夏日烟火大会 |

牵云雀的手、替云雀擦眼泪、带云雀看这场烟火、给云雀戴上面具、隔着手指亲吻云雀……舒海宁，在夏日海边的漫天烟火下，你做这么浪漫的事情，花月眼知道吗？

希雅：可是，做了这些之后，为什么还要说那么决绝的话呢？让云雀8岁那年的孤独感，穿越十年的时光，再次将18岁的她彻底吞没了！

| 时间：大学报到日 |
| 地点：拥挤的车内 |
| 事件：用身体保护 |

"到这里来。"舒海宁的声音传入云雀的耳中，跟着，云雀就被他拽到身边。他站在手抓杆旁边，直接把云雀推到抓杆旁边的防护栏前，一手抓着拉环，一手支在云雀的脑袋边上。云雀被他圈在一小块空间里，原本拥堵的车厢，一下子变得不再拥堵。

希雅：舒海宁，你不能这样啊！一边对云雀说着要保持距离的话，一边又对她这么好……

互动有奖调查表

姓名：　　　　　　**年龄**：　　　　　　**性别**：　　　　　　**电话**：

地址：

　　欢迎来到魅丽优品的新书新貌新世界！全新的改版，浪漫、诙谐、有趣，种种不同的新书预告和介绍，以多彩多姿的面貌呈现在你的面前。在未来的一年里，我们将持续且创新地在每本书后推出各种精彩新书专栏和展示不同内容，如果你喜欢我们精心创作的这份随书附赠的小小礼物，就请回复我们来支持我们吧。

♥ 你的最爱

1. 本期新书预告专栏中，你最爱的栏目是？（多选题，请在最喜欢的几个栏目后打√）

　　疯狂游乐场　　　　老友记　　　　新秀街

2. 本期新书预告专栏中，你最爱的新书是？（请根据你喜欢的栏目内容标明你喜欢的3本新书）

　　_____

　　_____

　　_____

3. 本期新书预告专栏中，你最喜欢的作者按顺序是？（请列举三位）

　　_____、_____、_____

4. 本期的图和文字，你更喜欢哪一种？（二选一，在选项后打√）

　　图画排版　　　　　　文字内容

♥ 线下投票：

　　填好以上表格，将它寄回魅丽优品的大本营：

湖南省长沙市开福区黄兴北路89号上城金都南栋21楼　魅丽优品 市场部 收

你100%有机会得到我们送出的礼品一份。

♥ 线上投票：

　　如果不想寄信，你可以登录我们的微博和微信进行投票，也有机会得到我们送出的新书一本哦。快来扫一扫，进行线上投票吧！

魅丽优品微博二维码　　魅丽优品微信二维码　　瞳文社微博二维码　　瞳文社微信二维码